やぎゅう しん みょう けん

柳生神妙剣

長谷川 卓

目次

【登場人物紹介】

◆土井家

槇十四郎正方：利勝の甥。
槇抜刀流居合術の遣い手

土井大炊頭利勝：家康・秀忠の側近。
幕府の重鎮

蓮尾水木：利勝配下細作の頭領。
結城流小太刀の遣い手

百舌：土井家細作

千蔵：土井家細作小頭

潮田勘右衛門：土井家家臣

◆柳生家

柳生宗矩：将軍家剣術指南役

柳生七郎：宗矩の嫡男。後の柳生十兵衛三厳

小夫朝右衛門：柳生新陰流高弟。
紀州徳川家剣術指南役

松助：小夫家に仕える忍び上がりの老僕

名取丈八郎：柳生新陰流高弟。尾張徳川家家臣

柳生兵庫助利厳：尾張徳川家兵法指南役。
宗矩の甥

柳生新左衛門清厳：利厳の嫡男

柳生茂左衛門利方：利厳の次男

柳生兵助：利厳の三男。後の連也斎厳包

◆雁谷自然流

長月斎両角三郎助：雁谷自然流を興した剣客

間宮承治郎：雁谷自然流道場師範代

両角継之助：長月斎の次男。
後、両角烏堂と名乗り、
柳生七星剣の頭となる

下郷伊助：雁谷自然流門弟

柿崎荘介：雁谷自然流門弟

【雁谷自然流四天王】

青龍　度会広之進

白虎　朝波右馬

朱雀　周防茅野

玄武　守屋玄之丞

福：雁谷自然流道場の厨手伝い

治助：福の亭主

小助：福の孫

◆その他

沢庵宗彭：臨済宗大徳寺派の僧侶

松倉小左郎正長：松倉作左衛門の孫。
富田流小太刀の遣い手

樋沼潔斎：十四郎の父を倒した剣客。
山の者・久兵衛とも名乗る

土岐山城守頼方：出羽国上山藩主、
槍の達人

清寂尼：駿河国鳥坂妙立寺の住持

序章　雁谷自然流

下野国今市から会津若松に向かい、会津西街道と呼ばれる道筋が延びている。

この会津若松から北方に十里（約三十九キロメートル）程行くと、檜原峠に出る。米沢領と会津領の国境である。峠を越え、山間の道を行き、大樽川を渡り、更に北に向かうと上杉十五万石の城下町米沢に着く。会津若松から米沢に通じる道を米沢街道という。

剣客がいた。まだ若く、目に輝きがあった。

剣客は会津西街道から米沢街道に入り、檜原峠を越え、大樽川のほとり、雁谷で足を止めた。

（ここだ。ここにしよう）

雁谷の地に剣術の道場を開いた。

雁谷で興したから、雁谷自然流と名乗った。

剣客の名は、長月斎両角三郎助。

草庵を編み、百姓や川漁師の手伝いをしながら借りた土地を耕し、飢えを凌ぎ、ひたすら剣技を磨いた。

やがて一人、二人と入門者が現われ、粗末な道場も建てられた頃、百姓の娘を嫁に迎えた。四十三年前の話である。

その道場は、もうない。十六年前に今の道場に建て替えられた。大工の頭領の指図を受け、門弟たちや近隣の百姓たちが総出で拵えたのだった。

山奥の名もない道場には勿体ないような、土塀を巡らせた立派な建物となった。道場に続く奥には長月斎の住まいが設けられ、庭には門弟たちの長屋も建てられた。

長い年月の間には、仕官が叶い、道場を去った者もいたが、伝のない者には、帰る国も郷里もなかった。今いる門弟たちの多くは、大坂の陣以降浪人暮らしから抜け出せぬ家の子弟や、改易された大名家の家禄の低い家臣の末弟たちだった。

鍬を振るう音が聞こえて来た。当番の者が、裏庭の菜園に出ているのだろう。

長月斎は床に伏したまま、開け放たれた障子から外を見た。

門弟たちが面白がって作った築山(つきやま)の彼方(かなた)に、兜山(かぶとやま)に連なる山々が見えた。新緑が波打っている。四十三年の間、変わらぬ風景だった。

見飽きなかった。飽きが来ぬ故、留(とど)まれたのかもしれぬと長月斎は思った。

この地に骨を埋(うず)めるつもりで道場を開いたのだが、まさかこれ程長きにわたろうとは自身でさえ信じ切れぬものがあった。

「小助(こすけ)っ」

築山の向こう、土塀の下方から、女の声が聞こえた。土塀の裏は傾斜のきつい崖(がけ)になっており、底に大樽川が流れていた。川原で遊ぶ幼い子供を呼んでいるのだ。

子供の足が川原の石を苦にしなくなったのか、三か月程前から声を耳にするようになっていた。このところは遊び場を崖下に決めたらしく、晴れた日には必ず二人で現われる。

「小助！」

何か危ないことをしたらしい。女が険(けわ)しい声を発した。崖下の音が熄(や)んだ。

（もう直(す)ぐだな……）

長月斎は呼気を計り、小さく頷(うなず)いた。その瞬間、幼い子供の泣き声が上がった。

長月斎の唇（くちびる）の間から、歯が覗（のぞ）いた。

「失礼いたします」

襖（ふすま）が開き、師範代の間宮承治郎（まみやしょうじろう）が居室に入って来た。薬湯を枕許（まくらもと）に置きながら、

「いかがなされました?」

長月斎の表情を読み取ろうとした。

「あれだ……」

崖下の方を顎（あご）で指した。子供の泣き声が湧（わ）き上がっている。

「ちと耳障（みみざわ）りでございますな。誰か、走らせましょうか」

「いや、楽しんでおるのだ」

「楽しんで……?」

長月斎からは、終（つい）ぞ聞いたことのない言葉だった。

「小助という子は、なかなか利（き）かぬ気らしくての。叱（しか）られては、よく泣くのだ」

「左様ですな」

承治郎が、笑みを浮かべて庭に目を遣（や）った。

「見知っておるのか」

「福の孫でございます」

福は、厨の手伝いをしてくれている近隣の百姓女で、四十を超えても元気のよい働き者だ。野良仕事に出ている若夫婦に代わって、孫の面倒を見ているのだろう。

「そうであったか……」

長月斎は小助の泣き声の中に、己の息の姿を垣間見ていた。

三男は生まれて間もなく、妻の引いた風邪が移り、誕生日を迎えることなく死んでしまった。産後の肥立ちが悪く、病床に伏していた妻も、三男の四十九日を前にして没した。長男と次男は元服したが、長男は修行の旅の途次立ち合いに敗れ、命を落とした。二十二歳だった。

残った次男の継之助は、兄に比べ気性が激しかった。負けることを、自らに許さぬところがあった。そうした継之助を好ましく見ていた長月斎だったが、その気性が継之助を雁谷から去らせ、死なせることになろうとは思ってもいなかった。

（継之助が生きておったら……）

門弟たちには、特に師範代の承治郎には、言えない言葉だった。

継之助が二十四歳の時、門弟たちの間で、継之助と承治郎とではどちらの腕が上かで言い争いが起こった。長月斎は、双方とも新たに道場を興せる程の腕故、無理に立ち合い、優劣を付けるのは無益だ、と二人に説いたのだが、いつしか立ち合わざるを得ないような雰囲気になっていた。

門弟たちの前で、立ち合いが行なわれた。両者の木刀が激しく幾度か打ち合わされた後、不意に承治郎の木刀が弾き飛ばされた。承治郎が、継之助に遠慮したのだった。門弟たちの目は誤魔化せても、長月斎と継之助の目は誤魔化せなかった。長月斎の叱責を受け、再度の立ち合いとなった。やはり、承治郎に一日の長があった。

その夜、継之助が出奔した。会津西街道を南に下り、剣客の集まる江戸に出たのだった。そこで柳生の剣を知り、修行を重ね、一角の剣客となった。烏堂と名乗り、柳生七星剣の頭目として暗殺剣を振るっていると知ったのは、烏堂が駿府の地で斬り殺される六年前、寛永と改元された年のことだった。

諫める書簡を送り付けもした。使いを出したこともある。しかし腕を上げた継之助は、柳生の手足となり、己の一剣で政を左右する誘惑から抜け出そうとはしなかった。長月斎は自ら心を閉ざし、継之助のことは忘れることにした。五十七歳になっていた。

その五年後に胃の腑に違和感を覚え、米沢から医師を呼んだ。

胃の腑の痼は、致命的な病だった。余命は四年、長くても五年という見立てだった。

烏堂両角継之助が、将軍家の実弟駿河大納言忠長卿の暗殺に失敗し、駿河で没したと聞いたのは、二年前になる。

継之助を倒した者の腕を知りたかった。尋常の立ち合いで、継之助を倒せる程の者がいるのならば、立ち合ってみたかった。そう思うようになったのは、昨年の暮れ頃だった。

——もはや、叶わぬ夢だの……。

長月斎の思いに気付かぬ間宮承治郎ではなかった。

——そうとは言い切れませぬ。

何か秘めた思いがあるのか、承治郎は、眉間に皺を寄せたまま長月斎の居室を後にした。

それから半月の後、承治郎が話を切り出した。

——雁谷自然流を潰すことになるやもしれませぬが、枉げてお許しいただきたき儀がございます。

——何事か？

——我らの腕を、流派を、広く天下に知らしめたいのでございます。

——それと自然流を潰すことと、どう繋がる？

——将軍家御家流たる柳生に挑んでみたいと思うておるからでございます。

——柳生新陰流か……。

——はい。

承治郎は、長月斎の目を見詰めたまま、深く頷いた。

雁谷自然流に四天王と称される精鋭四名が在った。長月斎と承治郎に鍛えられ、今は道場を離れている面々である。門弟らは、畏敬の念を込めて、彼らを四神になぞらえて呼んだ。

すなわち、

青龍　度会広之進
白虎　朝波右馬
朱雀　周防茅野

玄武(げんぶ)　守屋玄之丞(もりやげんのじょう)

である。

——時折便(たよ)りが来るのですが、未(いま)だ彼(か)の者らの誰一人として敗北を喫(きっ)したことはございませぬ。雁谷自然流の強さは、真正でございます。

——うむ……。

——将軍家及び御三家にも剣術指南役として召し抱えられ、天下第一流として不動の地位を得た柳生新陰流と比べても、我が流派は決して引けを取りませぬ。されど、その強さは天下に知れ渡っている訳ではございませぬ。雁谷自然流は、雁谷のみに伝えられる剣法として、後の世には埋もれていく定めなのかもしれませぬ。私は、それもよし、と思い、先生にお仕(つか)えして参ったのですが、しかし此(こ)度(たび)、考えを改めることにいたしました。

承治郎は、熱っぽく言葉を継いだ。

——柳生は今や、飛ぶ鳥を落とす勢(い)いでございます。しかし、本来剣技を磨くことにのみ専心すべき家が、政に口を出し、要らぬ権勢を得ております。それはまた、継之助様に暗殺剣を仕込み、思うがままに操り、己(おの)が地位を守るために利用した汚れた剣でもあります。

承治郎が、両の拳(こぶし)を板床に突(つ)いた。

——柳生と真剣をもって立ち合いたいと思うております。それが畢竟(ひっきょう)、継之助様の仇(かたき)を討(う)つということになるのではないでしょうか。そして、継之助様になりかわり、継之助様を刃(やいば)に掛けた者どもをも仕留めるのでございます。柳生新陰流などの混じらぬ、純粋な雁谷自然流を見せ付けてくれましょう。

——そなた独りで立ち合うのか。

——四天王と門弟の多くが賛同してくれております。この時を待っていたと、申しまして。

——実(まこと)か。

——このような考えに至ったのは、先生のお身体を案じたが故でございます。先生がご存命のうちに、柳生と仇どもを討ちとうございます。

——そなたらの若い命が露(つゆ)と消えることになるかもしれぬが、それでもよいのか。

——四天王は若(わこ)うございますが、命を惜しむような者はおりませぬ。私は若(わこ)うはございませぬが、後悔などいたしませぬ。

没した烏堂両角継之助と同い年で、この年三十九歳になっていた。

ぞ。

――承治郎、儂はそなたらのような弟子を持つことが出来、つくづく幸せと思う

――勿体のうございます。

――だが承治郎、そなたらは考え違いをいたしておるぞ。

――はっ？

――儂はまだ、老いさらばえた老人ではない。仇どもをこの地に呼び寄せることが出来れば、十二分に戦えるぞ。

――しかし、先生。

――床に伏しておるのは、この数日のことで、寝たきりになっておる訳ではない。伏していると言うても、剣を忘れてはおらぬ。いや、却って頭が澄みおってな、一つ技を編み出したわ。試してみたいのだが、よいか。

――はい。

――では、支度をいたせ。

承治郎が急ぎ居室を飛び出し、太刀を腰に差して戻った時には、長月斎は床を出、太刀を抜き払っていた。切っ先は微動だにしない。遅れて、承治郎は太刀を抜いて構えた。

承治郎の後から、何事かと駆けて来た門弟たちが、息を詰めて廊下に座った。

——参れ。

長月斎が叫んだ。承治郎が斬り掛かった。と同時に、長月斎の太刀がふわりと浮いて、承治郎の太刀の峰を叩いた。

痛みは感じなかった。斬られも、打たれもしなかった。だが、承治郎の手から太刀が落ちていた。

門弟たちの口から吐息が漏れた。

——《浮橋》と名付けた。そなたに遣わす。解いてみよ。

——承知いたしました。

——これで、儂もそなたらの一党と認めて貰えたかな？

——御大将にございます。

——であろう。

笑い声を上げる長月斎を見上げながら、承治郎は瞼を涙で濡らした。

その日から二十日が経った。門弟衆のうち、長月斎に殉ずる覚悟の者だけを残し、雁谷自然流道場の門は閉ざされた。

激しい稽古が始まった。やがて、ぽつぽつと四天王のうちの三人が雁谷の地に着き、旅装を解いた。残る一人の朝波右馬からは、承治郎に書状が届いた。理由とともに、少し遅れると書かれていた。

長月斎と間宮承治郎を前に、四天王のうちの三人と選ばれた門弟衆十八名が道場で向かい合った。

「この顔触れで、柳生に挑むことになった。そなたらの腕の程は、先生もこの私も熟知しておる。各自が己の力を信ずれば、決して柳生連れに負けるものではない。雁谷自然流の名を上げるとともに、亡き継之助様の仇を見事討ち果たすのだ。よいな？」

歓声が湧き起こった。

承治郎は、手を上げて皆を制すと長月斎に、

「お言葉を」

と言った。長月斎は、枯れ木のように削げた身体を凜と伸ばし、口を開いた。

「そなたらのこと、心強く思うておる。されば、事ここに至りて、何も申すことはない」

声に力があった。壮年の頃の厳しさがあった。

「細かな指図はすべて師範代に任せてある。間宮の命を守り、事を運んで貰いたい。儂もその日のために更なる精進を重ねる故、そなたらも日々の研鑽を疎かにせぬようにな。最後に、皆の雁谷自然流への熱き思いに礼を申す」

長月斎が、板床に手を突いた。

遅れじと、皆の手が床を打った。

度会広之進は手許を凝っと見詰め、周防茅野は肩を震わせ、守屋玄之丞は目をきつく閉じている。嗚咽が道場に満ちた。

「皆、漏れ聞いていると思うが、先生が新たな技を編み出された。私は手もなく捻られてしもうた。先生の御前に、この地に、柳生どもを呼び寄せる所存だ。その計画を練ってみた。夕餉の後、皆に諮る故、それまで思い思いに稽古に励んでくれ」

長月斎を奥の居室まで見送ると、承治郎は自室の方へと消えた。

（《浮橋》を解きに行ったか）

相手の力を利用して、己の力は掛けずに相手の太刀を払い落とす。承治郎がどのように解くか、病床の楽しみとなるであろう。

柳生に挑む――。

継之助の仇を討つ――。

大事を前にしているのに、他人事のように静かに落ち着いていられる己が誇らしくもあり、不思議でもあった。

耳を澄ませた。裏庭からは笑い声が、道場の方からは木刀の嚙み合う音が届いて来る。

（よい弟子に恵まれた……）

この地に道場を開いてよかった。目頭に熱いものが込み上げて来た。

「こらっ、そっちに行ってはいかん」

福の声がした。小さな笑い声を立て、二つ三つの童が転びそうになりながら庭に走り込んで来た。

童は横臥している長月斎に気付くと、廊下に顔の下半分を隠し、座敷を覗いている。

「福の孫か」

「…………」

「小助か」

童が頷いた。目が泳いでいる。思いの外鋭い長月斎の眼差しに、怯えているらしい。

「……男は泣くな。我慢せい」

小助は、見る間に顔を歪めると、裏へと駆け戻って行った。呼気を計った。

（泣くぞ）

小助の泣き声が聞こえた。

相手の呼気を計り、動いた瞬間を捕らえ、その力を利用して打つ。それが《浮橋》だった。

（日が昇ってから沈むまで、一日中剣のことのみ考えておれば、何事も剣に結び付くものだ。しかし、それと気付くにはもそっと修行を積まねばの……）

長月斎は、《浮橋》で相手の剣を落とした後の動きに思いを巡らせた。

第一章　柳生狩り

一

会津若松から五里二十二町（約二十二キロメートル）。福永宿、関山宿を通り、大内峠を越えたところに大内宿はある。宿数六十余軒、会津西街道指折りの宿場である。

久兵衛と名を変え、山に入り、山の者のような暮らしを続けている潔斎樋沼彦三郎は、大内宿に程近い山中にいた。

枝と枯れ草を使って編んだ草庵に住み、捕らえた山鳥や摘んだ薬草を宿に納め、日々の方便にしていたのである。

そのような暮らしをしようと思い立ったのは、十二年程前、駿河国府中、鳥坂妙立寺(みょうりゅうじ)の庵主(あんじゅ)・清寂尼(せいじゃくに)に諭(さと)されたからだった。それまでは、諸国を巡り、多くの剣客(けんかく)と立ち合い、血糊(ちのり)の乾く間もないような生き方をしていた。

始めの頃は、終日人と出会わぬことに寂しさを感じたりもしたが、今では人語を聞かぬ暮らしにも慣れ、安らぎを感じるようになっていた。

――久兵衛に、相違ないのだな？

師範代の間宮承治郎が、福の亭主に訊(き)いた。

福の亭主の治助(じすけ)は、大仰(おおぎょう)に頷(うなず)いた。

薬草に詳しい治助が、会津若松で開かれた薬草市に出掛けた時に、久兵衛という新顔が大内宿の裏山で薬草を集めていると聞き出してきたのだ。

両角長月斎の息(そく)・烏堂らが駿府で敗れた時のことである。深傷(ふかで)を負いながらも、その一部始終を木陰(こかげ)から見届けた、烏堂付きの柳生の下忍(げにん)がいた。下忍は、雁谷に走り、最期の様子と仇(かたき)の名を記した紙片を長月斎に渡して事切れた。万一の時には、父に知らせが行くよう、烏堂が計らっていたものだった。紙片には、槇十四郎(まきじゅうしろう)の名とともに、山の者・久兵衛という名があった。二人の姿形(なり)も、簡略ではあったが記してあった。

此度(こたび)の企てが持ち上がった時、間宮承治郎は治助や薬草集めの村の衆に、久兵衛の姿形を教え、気に掛けていてくれるよう頼んでいたのだった。

——姿形は山の者でも、と治助が口の端に泡を溜めて言った。武家の出らしいという噂でございました。

——間違いありませぬな。

四天王の一人・度会広之進が、酷薄そうな光を目に宿した。

——大内宿ならば、近くではありませぬか。

周防茅野が、承治郎を見、次いで守屋玄之丞に目を移した。守屋は目を閉じたまま聞いていた。

——茅野、そなたは行けぬぞ。

度会が言った。

——どれ程の腕なのか、見ているだけでも駄目でしょうか。

茅野が承治郎に訊いた。

——当たり前だ。そなたはここで朝波を待たねばならぬのだからな。

朝波と二人で、水戸に仕える柳生新陰流の遣い手と槇十四郎を倒す。それが、茅野に割り振られた務めだった。度会と守屋は、承治郎と組み、紀州、尾張の遣い手と、もう一人の仇・久兵衛を倒す。

——そのように、皆で決めたではないか。

——心が逸りました。申し訳ございませぬ。

茅野は拳で袴に包まれた膝を叩くと、唇を噛み締めた。

——我らに任せておけ。討ち漏らしはせぬ。

間宮承治郎の言葉に、否やを唱える者はいなかった。

——よし、分かった。

承治郎が、ゆとりのある笑みを見せた。

——継之助様の仇の片割れだ。久兵衛がことも、先生のお許しを貰うてこよう。

久兵衛こと潔斎は、草庵の戸を開け放ち、寝所の枯れ草を掻き出すと、乾いた地面に広げた。

降り続いた雨で湿り気を帯びた草を、干そうというのである。

草庵の床は一畳程の広さで、中程には盛り上げた土で四囲を囲った囲炉裏が切られていた。煮炊きをするためである。

潔斎は干し草を広げ終えると、石塊に腰を下ろし、山刀を砥ぎ始めた。水場で拾った平たい石を砥石に見立て、浮いた錆と樹木の灰汁を落とすのだ。小半刻（約三十分）も砥ぐと、刃が見違える程の光を放つようになる。山にいる間は、山刀が一振りあれば十分だった。両刀と身に付けていた衣類は、山に入る前に麓の寺に預け、代わりに山刀を差し、刺し子を纏う。どの山に入る時も、同じやり方を通していた。

額の汗を拭い、山刀を箱鞘に納め、蝶の来るのを待った。

黒い羽の蝶である。

その蝶に気付いたのは、四、五日前になる。

決まった頃合になると森から現われ、草庵の前を通って、潔斎が水場にしている小川の方へと飛んで行った。雨のため、この二日は見ていない。

果たして、今日は来るのか。

砥いだばかりの山刀で小枝を削りながら、蝶を待った。削って何を作るのか、目的も決めず、箸程の太さの枝を削った。串のようなものが三本出来た時、森の奥から黒い蝶が現われた。

雨と風で羽を傷めたのだろう、危うげに身体を上下させながら小川の方へ飛んで行った。初めて蝶に気付いた頃の、舞うように宙を飛んでいた面影は、どこにもなかった。痛々しかった。

潔斎は、黒い蝶が戻るのを待った。川端に生えている水草で羽を休め、また同じ道を戻って来るのだ。

何故、傷ついた身で飛び行き、戻らなくてはならぬのか。

それが蝶という生き物の定めなのか。

潔斎は小さな生き物の中に哀れとともに強靭な意志を見出しながら、小枝を手に取った。

間宮承治郎は、度会広之進と守屋玄之丞の二人と門弟十名を引き連れて、七ツ半（午後五時）には関山宿で旅装を解いた。関山宿から大内宿へは二里十八町（約九・八キロメートル）の道程である。夕餉を摂り、眠り、夜九ツ（午前零時）に宿を発ち、八ツ半（午前三時）から暁七ツ（午前四時）の間に大内宿の入り口で治助と落ち合い、久兵衛こと樋沼潔斎を討つ。速やかに土地を離れ、一路紀州を目指す。紀州和歌山藩の兵法指南役、柳生新陰流・小夫朝右衛門を打ち据えるためである。

小夫を倒し、次いで尾張に戻り、柳生新陰流の高弟のいずれかを倒す。柳生新陰流の太刀筋を見極めるためでもあるが、紀州に尾張、そして今はまだ姿を見せぬ朝波が周防と合流し、予定通り水戸家の指南役を倒したとなれば、御三家の柳生が続けて倒されることになる。そうなれば、天下一を誇る江戸柳生としては黙っていられなくなり、柳生の方から勝負を挑んで来るだろう。

「小夫は天下に聞こえた達人だ。腕慣らしには丁度よかろう」

「まさに」

答えた度会の顔に、漲るものがあった。

刀剣を振るい、人を斬る。朝波右馬と周防茅野は十指に余る程の者を斬っていたが、間宮にして五人、度会、守屋は本人が述べたところでは三人、村を荒らそうとした野盗や道場荒らしを斬り殺したことがあるだけだった。しかも、門弟たちは一人も人を斬ったことがなかった。

真剣勝負での生死は、血を見ても怯むことなく、即座に動けるか否かで決する。久兵衛を獣のように追い詰め、惨く、一寸刻みに斬ることで、血に慣れさせ、門弟たちに度胸を付けさせようという思いが、承治郎にはあった。

「明日は早いぞ。眠れなくとも横になれ」

承治郎は、六ツ半（午後七時）には床に就いた。

真夜中前に起き出した承治郎らは、私語を交わすこともなく、黙々と旅支度を済ませ、宿を発った。星明かりに助けられはしたが、山間の道場で鍛練したせいか、夜目は利き、山道にも慣れていた。

大内宿の入り口に着いたのは、八ツ半を回った頃だった。

治助が、常夜灯の陰から滲み出るように現われた。

「お待ちしておりました」

「まだ、奴はおるであろうな？」

「間違いなく」

治助は、闇に閉ざされている西方に顔を向け、この方角だと言った。

「土地の者から詳しく聞き出しておきました」

「案内せい」

治助は先頭に立つと、宿場の裏に回り、山に分け入った。石段のような岩場を越えた。岩場の向こうは、濡れ落葉の林が続いていた。

「間宮様」

半刻（約一時間）程歩いたところで治助が足を止めた。鬱蒼と茂った森が尽きようとしている。

「この先でございます」

承治郎は闇を透かすように見遣ると、

「ご苦労であった」

治助に留まっているように言い置き、度会と守屋、そして門弟たちに、柳生新陰流のためにと稽古(けいこ)をつけておいた構えを取るよう命じた。

「何もそこまでやらずとも……」

度会が言った。

「試しておくことも必要であろう」

承治郎が両の手を広げた。黒い影が二手(ふたて)に分かれた。

山が静かになった。

夜明け前の約一刻（約二時間）ばかりは、夜の間森の中を徘徊(はいかい)していた獣どもが塒(ねぐら)に戻り、物音が消え入りそうになることがある。

今が、その時だった。

だが、それにしても静かだった。

潔斎は、身体に掛けていた継ぎ接ぎだらけの古着を除けると、起き上がり、耳を澄ました。

何かが迫って来るような気配がしたように思ったが、今は感じられなかった。

（気のせいか……）

再び身体を横にしようとした時、遠くで何かが微かに動いた。人か獣か区別は付かなかったが、気配を押し殺そうとしている。

草庵の隅に置いてある竹を引き寄せ、膝許に立てた。節は刳り貫いてある。棚から革袋を取り、中に収めていた細長い紙包みを竹に押し込み、外の気配を探った。

気配が徐々にくっきりとしてきた。

獣とは明らかに違う、意志を持った人の動きだった。

それが誰かは分からなかったが、敵意に溢れていることは間違いなかった。

数えた。

一人、二人、三人、……十名余の者が近付いて来た。気配が濃くなっている。

一旦止まった。

気配は、草庵を囲むように、遠く半円を描いている。

潔斎は、熾火の中に竹筒を埋めると、先を尖らせた枝を背帯に差し、山刀と鉈を手にして草庵を出た。

鉈の柄には紐が結び付けられている。紐の端を持って振り回せば、少しは役に立ってくれようか。

闇の中を、人が走った。ぐるりを取り囲もうとしているらしい。

囲んだ輪が、僅かに縮んだ。

闇の中央が膨れ、人の姿になった。影が口を開いた。

「久兵衛殿ですな？」

「そうだが」

「二年前、駿府の御浜御殿にて騒動があったやに聞くが、その折、槇十四郎なる者に加担した久兵衛殿に相違ないか」

「お手前は？」

訊きながら潔斎は、己を囲んでいる顔触れを見回した。

際立って腕の立つ者が三人いた。問答している相手と、左右にいる二人だった。その三人の間を埋めるように、頭数が配されていた。

（抜かりないの）

正面の男と斬り結べば、左右の二人が同時に掛かって来るだろう。上手く躱せたとしても、腕の一本は落とす覚悟をしなければなるまい。

それでは、三人から一番遠い、背後の者を倒し、突破しようとしたら、どうなるか。

三人が揃って背後から斬り付けて来ることになるだろう。

斬った瞬間、二間（約三・六メートル）飛んだとしても、果たして振り向いて剣を躱す余裕があるか。

「そなたらが倒した烏堂両角継之助縁の者だ」

その名の者が、暗殺剣を振るっていた柳生の七星剣の中にいたのかいないのか、潔斎には覚えのないことだったが、七星剣の幾人かを斬ってはいた。

「儂の名を、どこで聞いた？」

燠火に刺した竹筒に火が回るよう時を稼ぐつもりでいたが、それよりも鳥坂の妙立寺の庵主のことが気になった。もしや、庵主を責め問いにし、潔斎の名を吐かせたのではないか。

「御殿から逃れ、そなたら仇のことを知らせてくれた者がおったのだ」

「そうか」

安堵しようとする心を引き締め、尋ねた。

「他の者は、どうした？」

「そなたが最初だ。探すのに難渋すると思うておったのにな」

草庵から、微かに焦げ付くようなにおいが鼻を突いた。

（間に合うたか……）

「分かっておるだろうが」と正面の男が言った。「命乞いをしても無駄だ」

「せぬ」

「それでよい」

男が、左右に目配せをした。

「命乞いはせぬが、儂にしても誰に斬られたのか知って死にたい。姓名を聞かせてくれぬか」

「雁谷自然流、間宮承治郎」

正面の男は名乗ると、右の男に目を遣った。

「同じく度会広之進」

左の男に頷いた。

「同じく守屋玄之丞」

「その他の者も」と承治郎が言った。「すべて門弟である」

「承った」

凛と構えた潔斎を見て、承治郎の胸が騒いだ。

（まったく隙がない。出来る……）

武家が山の者に姿を変える。変人という枠で見ていた己の読みの浅さが、恨めしかった。

（柳生新陰流に備えた構えを取らせておいてよかったわ）

承治郎が、皆に先んじて足を踏み出した時だった。轟音とともに爆発が起こり、草庵の屋根と壁が飛び散った。潔斎を囲んでいた輪が崩れた。

その瞬間を逃さず、鉈が潔斎の手から承治郎に向かって放たれた。回転を加えられた鉈は、長く伸びた紐を振り回しながら飛んだ。

承治郎は身を沈めて躱すと、大きく足を踏み出した。度会と守屋は紐を太刀で払い、承治郎に続いた。彼らの足許に、先端を鋭く尖らせた枝が飛来した。難無く躱した三人だったが、ために呼吸半分足が鈍った。

潔斎は、鉈に次いで枝を投げた時には背後に跳ね、門弟の一人を袈裟に斬り捨て、森に逃げ込もうとしていた。

だが、それより速く、承治郎が潔斎の間合いに飛び込んで来た。

承治郎の太刀と潔斎の山刀が噛み合い、火花が散った。度会と守屋が左右から突きを入れた。守屋の切っ先は虚空に流れたが、度会の切っ先は潔斎の刺し子の袖を貫いた。

ちっ、と舌打ちをした度会の目の前を、潔斎と承治郎が刃を交えながら縺れた。度会と守屋が太刀を引いた。潔斎の踵が承治郎の足首を刈った。承治郎の体勢が大きく崩れ、虚空に浮いた。浮きながら、承治郎の太刀が潔斎の足を薙いだ。一刀は過たず、潔斎の左足を捕らえ、脚絆を裂いた。

（貰うた）

笑み掛けた承治郎の頬が、凍った。脚絆を斬り裂き、骨を断つ筈の刃が、跳ね返されたのだ。

（鋼を仕込んでおったか）

道場では考えもしなかった防備だった。承治郎が身体を木の根に打ち付けた時には、潔斎は大きく飛び退き、門弟たちの刃を潜って駆け出していた。

追い掛けようとした門弟たちを止め、承治郎が叫んだ。

「追うな。そなたらの腕では敵わぬ」

間宮承治郎は、四天王の二人と門弟を壊れた草庵の周りに集めた。

「あの者は、ここで寝起きをしておった」

地面に枝を並べ、その上に干した草を敷く。それが床だった。枝を並べるのは、大雨が降り、雨水が川となって流れても、敷いた枝の厚みがあれば、干し草が濡れることもなく、寝たまま過ごすことが出来るためだった。四囲に盛り土がされた、囲炉裏らしきものもあった。

「あの者はここで煮炊きをしながら、朝から晩まで己一人を見詰めて過ごしておったのだ」

承治郎は皆に言った。

「これが修行だ。真の闇の中にいて、気配を読む。生き物の息遣いを読む。あの者が我らの気配を直ぐに読み取れたのは、日々の鍛錬の賜物であろう」

よく見ておけ、と承治郎は、皆が見やすいように身を屈めた。

「学ぶものは多いぞ」

「しかし、師範代」

口を開いたのは度会広之進だった。

「彼奴の剣は邪道です。鉈、削った小枝、脚絆に仕込んだ鋼。武士のすべきことではありませぬ」

「得物を剣と決めておるのは当方の勝手。世の中には、様々な武器があり、それを使うは向こうの勝手。道場の中より、外のほうが広いことを知らねばならぬぞ」

「かもしれませぬが、先程の立ち合い。鋼を仕込んでおらねば、師範代が勝っておられました」

守屋玄之丞が言った。

「鋼を仕込んでいたから、あの者はあのように動いたとも考えられるぞ」

「……………」

「まあよい、いずれ再び立ち合うこともあろう。その時に決着をつけてくれるわ」

承治郎は膝を伸ばしながら立ち上がると、門弟の一人を呼び寄せた。

「治助とともに雁谷に戻り、朝波と周防に今の立ち合いの様子を伝えい。槇十四郎、銃を使うといかぬでな」

「承知いたしました」

門弟が治助の名を呼んだ。治助が藪の中を這うようにして現われた。

「槇十四郎、実に上山におりましょうか」

度会が訊いた。

「そう訊かれると心許無いが、継之助様が使うておった例の忍びが、槇がしばしば姿を現わすところとして教えてくれたのだからな。無駄足になろうと、いずれは行くしかあるまい。ともあれ、先ずは柳生を順に攻める。紀州、そして尾張だ。どちらも所在は知れておる。敵地に乗り込むのだと肝に銘じ、抜かるでないぞ」

「……朝波ですが、もう雁谷に着いたでしょうか」

朝波右馬。到着が遅れている四天王最後の一人だった。

「間もなく着く頃だろう」

「何故、遅れているのですか」

「今は教えられぬ。紀州に着いたら、教えてやろう」

「分かりました」

度会と守屋が不承不承頷いた。

「とにかく先生のお身体に障りが出ぬうちに片を付けねばの。さすれば、いつまでもここに留まってはおれぬ。紀州へ急ぐぞ」

間宮承治郎は潔斎に斬り殺された門弟を埋めると、皆に出立を命じ、大内宿へと戻った。

二

大内宿で雁谷に戻る治助と門弟に別れを告げ、会津西街道を今市に抜け、日光街道を通って宇都宮に出た。

日光街道は、宇都宮からは奥州街道と道筋が重複する。承治郎ら一行は、江戸四宿の一つ千住に出た。

江戸で、柳生屋敷の動きを見張る二人を残し、二日の休息を取り、東海道に入った。

天候に恵まれ、順調に旅は進んだ。尾張でも、尾張徳川家付きの尾張柳生を調べるために二人を留め、更に承治郎らは先を急いだ。

東海道四十一番目の宿・宮からは七里の渡しを使わず、佐屋街道で桑名に出、日永追分で二日休み、伊勢街道を津で折れ、伊賀街道に分け入った。上野、笠置、木津を通り、奈良、五條、橋本と大和街道沿いに和歌山に入ったのは、大内宿を出てから十八日後のことだった。

大内宿から和歌山までは、二百里を優に越える距離がある。大の男なら、日に約十里（約三十九キロメートル）は何とか歩くだろうが、承治郎らは一日に十五里強（約六十キロメートル）を歩いていた。連日たゆまず歩き続け、余裕をもって、中四日の休みを取り、十八日で和歌山に着いたのである。

雁谷自然流の面々の覚悟の証左であるとも言えるだろう。

和歌山の御城下に入った承治郎らは、大手筋を城に向かって歩を進めた。市堀川にかかる京橋を渡ると三の丸に出る。一行は、橋を渡らず京橋の手前を西に折れた。

この道は、一年前、【柳生双龍剣】の一件で、柳生七郎、後の十兵衛が紀州徳川家の兵法指南役である小夫朝右衛門を訪ねた時に通った道筋であった。【柳生双龍剣】では、小夫は燕忍群の貉兄弟が、忍び上がりの小者・松助に化けたことに二度までも気付かず、すっかり面目を失ってしまった。名誉挽回にと、この一年常にも増して稽古に励んだせいか、膂力がつき、剣の返しは格段に速くなっていた。

（ここか……）

承治郎は小夫朝右衛門の屋敷の前を通りながら、土塀越しに見たものを克明に覚えた。

度会広之進、守屋玄之丞、そして門弟四名も各々承治郎同様、漫ろ歩きを装って目に付くものを記憶に留めた。和歌山から田辺に下り、熊野本宮に詣でる田舎侍を演じたのである。

落ち合う場所は、一町（約百九メートル）程離れた蕎麦屋の二階座敷だった。知らぬ土地で、総勢七名の侍が密談するには、場所を選ばなければならない。

皆の記憶を寄せ集め、小夫の屋敷の簡便な見取り図を作った。雁谷にある長月斎の居室は、道場の奥に設けられていたが、小夫の屋敷は道場と居室が別棟になっていた。門弟は通いらしく雁谷のような長屋はなく、また独り身であるのか、家人の数が少ないのか、座敷の数も限られていた。

「では、今宵？」

度会が小声で承治郎に訊いた。

「それまで身体を休めるところを探さねばな」

「心当たりがございます」

誰もが土地に不案内であったが、取り分け方向すらも読めぬ筈の門弟の門田が言った。

「聞こう」

「蕎麦屋に来る時、道に迷い、寺の境内に入り込んでしまったのですが、かなり大きな納屋がございました。二人くらいで寺に行き、一夜の宿を願うてみたらいかがでしょうか」

「中はどうなっておるのだ？」

「それは……」

門田が首を捻って見せた。

「仮眠を取れるとよいのだがな」

「見て参ります」

立ち上がろうとした門田に度会が言った。

「待て。儂も行こう。帰って来れぬと困るでな」

半刻も経たずに、度会と門田が戻って来た。

「決めて参りました。老僧と小坊主だけの貧乏寺でした」

承治郎らは二人ずつの組になり、寺の納屋に入り、夜の更けるのを待った。

五ツ半（午後九時）に起き、干した小魚と乾飯で腹を満たした。

出掛けるには、まだ僅かに余裕があった。度会が口を開いた。

「師範代、そろそろ教えてはいただけませぬか。朝波は、何故遅れるのですか」

守屋が手の動きを止めた。門弟たちも耳をそばだてている。

「惚れた女がおってな。嫁に貰うのだそうだ」

「はっ？」

度会が守屋を見た。守屋が鼻の先で笑おうとした。

「十日程夫婦の真似事をしたら、嫁の命を絶ち、後を追うと言って来た。嫁女も覚悟の上なのかもしれぬ」

守屋の顔から笑みが消え、目尻に皺が寄った。

「朝波は」と承治郎が、皆に言った。「生きては帰らぬつもりなのだ」

夜四ツ（午後十時）に納屋を出、小夫屋敷へと向かった。

門を堅く閉ざした小夫の屋敷は、暗く静まり返っていた。

「素早く襲い、引き上げる。よいな」

間宮と度会に一人ずつ、守屋には二人の門弟が付き、三方に散り、土塀を越えた。

何かが揺らいだ。

それと分からぬくらいの微かな気配だった。だが、人の気配に相違なかった。

若い頃、後方攪乱(かくらん)のための先兵として、戦場(いくさば)を駆け回っているうちに身に付けた術(すべ)だった。気配を読み取れたからこそ、松助としての老後があったとも言えた。

松助は、板廊下を音も立てずに走ると、小夫朝右衛門の寝所の前で片膝を突いた。

「どうやら三方から囲まれたようだな?」

言うより早く、寝所から小夫の声がした。声の位置からして起き上がっているらしい。

「十名足らずというところでございましょうか」

松助が言った。

「よい読みだ。その人数を三つに分けたとすると、柳生新陰も嘗められたものよ……」

「遺恨でございましょうか」

「儂は恨みを買うような生き方はして来ぬぞ」

「手前は、そうとばかりは言い切れませぬで」

朝右衛門は低く笑うと、立ち上がった。

庭に出て迎え撃つつもりらしい。松助は敵の背後に回ろうと屋敷の中を駆けた。

納戸に入り、北隅の床板を剝がし、床下に下りた。

誰かが潜んでいる気配はなかった。

(忍びではない)

ならば――。

敵の狙いは己ではなく、朝右衛門であると知れた。

「何者だ?」

表から朝右衛門の声が届いて来た。

松助は床下から這い出し、表の庭に回り込もうとした。陰の中から黒いものが現われ、行く手を遮った。

「通さぬ」

年若い武家だった。後ろにもう一人いた。

身形の整った、いかにも城勤めでもしていそうな凜としたものが、その若侍にはあった。

「物盗りではなさそうだが、目的は何だ？」

「聞かぬでよい」

「無体な。押し入った者の言い草とも思えぬわい」

松助は忍び刀を抜いた。

若侍も太刀を抜いた。切っ先が徐々に沈んだ。沈みながら、小さく回った。見たことのない構えだった。

「血祭りに」と若侍が言った。「上げてくれる」

虚勢ではなかった。漲る殺気に嘘偽りはなく、腕も立った。

しかし、松助も引き下がる訳にはいかなかった。

主（あるじ）・朝右衛門には恩義があった。燕忍群の忍びにまんまと顔を盗まれ、入れ替わられたがために、江戸柳生宗家の嫡男（ちゃくなん）・七郎を危うい目に遭（あ）わせてしまったのにも拘（かかわ）らず、召（め）し放（はな）ちもせず、従前同様に扱ってくれたのだ。松助は、身を屈めた。

「命一つ、捨てたか」

若侍は切っ先を小さく回しながら、間合いをつつっ、と詰めた。

松助は押されて下がったと見せて、思い切り若侍の頭上に飛び上がった。足首を払われぬよう中空（ちゅうくう）に上げ、身体を天地逆にして斬り掛かる。目眩（めくら）ましの一法である。

瞬時に松助の動きを見て取った若侍は、太刀を一旦沈めると、鳥が飛び立つように地から跳ね上げた。宙にいた松助に躱す術はなかった。脇腹から肩を斬り裂かれ、地に叩き付けられた。

「誰ぞ斬ってしもうたようですな」

間宮承治郎が、小夫朝右衛門を見据えたまま言った。

斬り結んでいるような音は、何も聞こえて来なかった。すなわち松助をただ一太刀で斬ったことになる。それだけの腕の者が人数を集めているとすれば、己に逃げ場はない。朝右衛門は腹を括って承治郎を見詰め返した。

「小夫殿には、何の恨みもない。柳生新陰流と立ち合うてみたいだけでござる」

「柳生は他流試合をせぬ」

「と言われて引き下がると思われるか。ここに至りて」

「思わぬ」

承治郎の頬が瞬間笑み割れた。

「されば、参る」

承治郎が鯉口を切った。

「流派を聞こう」

「雁谷自然流」

朝右衛門が刀を腰に差しながら言った。

「知らぬな」

「忘れられぬことになろう」

「どうかな」

「師範代・間宮承治郎」

「柳生新陰流、小夫朝右衛門」

承治郎が庭を東に数歩動いた。朝右衛門は踏み石から庭に下りると、西に回り、太刀を抜いた。構えるでもなく、自然体で刀を下げ、相手と対峙（たいじ）する。柳生新陰流無形（むぎょう）の位（くらい）である。

承治郎は太刀を正眼（せいがん）からゆるりと沈め、下段の構えを取り、やがて切っ先を小さく回した。

互いが足指をにじり、間合いが詰まっていく。承治郎の剣が、誘うように更に沈んだ。朝右衛門の剣が、小手を打ちに伸びた。誘いに乗ったように見せて、逆に承治郎を誘ったのだ。承治郎の剣が突然跳ね上がった。

（貰った）

朝右衛門は承治郎の太刀を寸で躱すと、突きに入った。承治郎の身体が大きく後ろに飛んだ。逃げた者は、追う。朝右衛門は鉄則の中に勝機を見た。

「《波風（なみかぜ）》」

呟（つぶや）くと、後ろに跳ね飛んだ承治郎が逆に踏み込んで来た。間合いが無くなった。

刀身を嚙み合わせ、体を入れ替えた。その瞬間、朝右衛門は右の二の腕に鋭い痛みを感じた。承治郎の切っ先が、二の腕を抉ったのだった。

「度会、代われ」

承治郎が飛び退き、背後に控えていた侍が進み出た。

「度会広之進、参る」

広之進は太刀を抜くと、上段に構えた。

「私は師範代程腕が立たぬので、加減が分からぬ。あるいは、斬ることになるやもしれぬが、その時は許せ」

度会が上段のまま間合いを詰めて来た。

朝右衛門は、刀を抜き払った時に仄見えた刃から、広之進との間合いを割り出し、身構えた。右腕は使えない。左腕一本で、相手の打ち込みを受け、反撃する。しかも、敵は一人ではなく、多勢である。苦境を脱するためには、受けに回るより攻めに転じた方がよい。後の先ではなく、先の先で倒すしかなかった。

間合いに半身を入れた。同時に、上段にあった剣が垂直に落ちて来た。背を反らして躱し、相手の手首に太刀を打ち込んだ。手首を刈り取ったかに見えたところで、振り下ろされていた剣が跳ね上がり、朝右衛門の左手首を斬り裂いた。朝右衛門の手から太刀が落ちた。

「見事だ」

承治郎は度会に声を掛けると、朝右衛門に向き直った。

「小夫殿、我らを恨まれるな。恨むならば、江戸柳生の宗家を恨むがよい。我らを駆り立てたは、江戸柳生なのだからな」

承治郎らは、松助の遺骸と血潮に塗れた朝右衛門を庭に残したまま、瞬く間に小夫屋敷から姿を消した。

三

五日後、間宮承治郎らは尾張名古屋の城下町にいた。

江戸を通り、紀州に向かう途次、尾張も一度通過していたのだが、改めて見る六十二万石の城下町の広さは目を見張るものがあった。名古屋は町並みが碁盤割りになっており、江戸に比べ整然としている。戦国の世とは違う、新しい城下町の在り方を突き付けられた気がして、承治郎らには眩しくさえあった。

火除地の広小路には小屋掛けが掛かり、物売りの声がし、商いの店は町筋が見えなくなるまで軒を連ねており、祭りのように賑やかだった。

紀州の兵法指南を破ったことで、承治郎らの心にいささかの余裕が出て来たためか、町の賑わいが心地よく感じられた。

「このようなところにおったのでは、修行は成らぬな」

承治郎に答え、度会広之進が僅かに歯を覗かせた。

四つ辻に出た一行が方向を決め兼ねていたところを、尾張に残しておいた門弟が目敏く見付け、駆け寄って来た。

「お待ちしておりました」

上首尾ならば今日くらいと、辻に立ち、待っていたのだった。門弟は素早く目で人数を数えると、皆の顔を見回した。

「いかがでございました？」

「我らの顔を見て分からぬか」

度会広之進が逆に訊いた。

「それでは？」

「与しやすいわ。何するものぞというところかの」

「おめでとうございます」

「まて、町中だ。早う旅籠に案内せい」

承治郎は素早く四囲に目を配ると、門弟に言った。

城下を南北に流れる堀川沿いに、旅籠はあった。

湯を浴び、夕餉を済ませた後で、承治郎の部屋に皆が集まった。

「怪しまれるといかぬ。手短に話す」

承治郎は二人の門弟が選んだ柳生の高弟について、聞き及んだところを口にした。

名は名取丈八郎。城の本丸を警備する御城代組同心で、知行は百石。屋敷は片端筋に構えていた。片端筋とは、三の丸の南に空堀があり、それに沿う道を言った。その名の通り、片側は堀で、屋敷は片側のみにあった。

「よう調べてくれたな。礼を申すぞ」

「はっ」

二人の門弟が、喜色を浮かべた。

「師範代、いっそのこと尾張柳生の総師たる柳生兵庫助利厳を襲うては如何でござろう?」

度会が一同を見回しながら、意気込んで言った。

「尾張徳川家の剣術指南その人を討てば、我らが流派の名は一気に知れ渡るに相違ござらぬ」

「逸るな、度会。よいか、我らの目標は、継之助様に暗殺剣を仕込んだ江戸柳生だ。紀州の小夫を討ったのも、江戸柳生を誘い出す一手。尾張でも、柳生の高弟を血祭りに上げれば、それでよい。聞くところによると、尾張の利厳は、江戸の宗矩と仲違いをして別家を立てた形になっているが、その実力は宗矩をも上回るともいう。四天王が揃っていない今、利厳を襲うは、得策とは言えぬ。万々が一にも、江戸柳生と勝敗を決する前に、四天王が欠けることは許されぬのだ」

「……分かり申した」

度会は面を伏せた。

「して、名取は、いつが登城の日だ?」

「今日までが非番で、明日は登城の日でございます」

本丸警備の務めは、組単位の交替制で行なうため、出仕は数日に一度。月に直しても、十日に満たない。

「何と!」

登城の日を待ち、徒に時を過ごす必要がなかった。幸運であった。承治郎は度会と守屋に目を合わせ、頷いた。

「では、今夜一晩ゆるりと休み、明日決行といたす。首尾を果たし、ともに東海道を江戸に走ろうぞ」

　度会が、守屋が、六名の門弟が、声には出さず、眦を上げた。


　刻限は八ツ半になろうとしていた。曇天である。

　槍持と中間を伴って下城して来た名取丈八郎は、門を潜ったところで屋敷内の異変に気が付いた。

　常ならば、下城する刻限には、家僕の茂平が裏から飛び出して来るのだが、茂平が出て来ないだけでなく、屋敷から物音が聞こえて来ないのだ。

「どうしたのでしょう？」

　槍持の吉三が裏に回り、中間の和助が続いた。

　丈八郎は玄関に入り、式台に上がると、

「戻ったぞ。いかがいたした？」

　奥へ向けて声を発しながら、腰の刀を帯から引き抜き、左手に提げた。

八畳間を通り、六畳間を抜け、台所に出た。いない。槍持と中間が、土間に立ったまま首を横に振った。

丈八郎は、六畳間に戻り、奥の八畳間の襖を開けた。更にその奥の六畳間から、濃密な人の気配がした。

「おるのか」

足袋が畳を擦るような音がした。

丈八郎は鞘を伸ばして襖を開けた。

「お待ちしておりました」

男が言った。己の家であるかのようにゆったりと胡座をかき、向かい側を手で示した。

隅の薄暗がりに妻と幼い娘がいた。

白刃で脅していたのだろうか、片膝を突いた若侍が傍らにいた。

「何の真似だ？」

丈八郎は背後にも気を配りながら言った。玄関から誰かがそっと入って来る気配がしたのだ。

「申し訳もござらぬ」

男は膝を直すと、上半身を僅かに前に傾けた。

「御新造と娘御に怖い思いをさせてしもうた。お詫び申し上げる」

男が、しかし、と言った。名取殿に申し上げるが、決して乱暴な振る舞いはいたしておらぬ。そのことはご案じ下さるな。

「何用あってのことだ？」

「立ち合うていただきたいのでござる」

「誰と？」

「私と、たった今、ここで。駄目でしょうか」

男の目に、有無を言わせぬ強い光が宿った。

「立ち合いを禁じられておるのを知っておるが故、このような手段を取ったのであろう？」

男が頷いた。

「では、立ち合うしかあるまい」

「ありがとう存じます」

「そなた、名は何と申す？」

「間宮承治郎。雁谷自然流を少々遣います」

「そのうちに、柳生に取って代わり、天下一の剣となるでしょう」

「雁谷？　知らぬな」

「そういうことか」

庭の隅で人が頽れる音がした。

槍持と中間が、男の一味に当て身を食わされたのだろう。

「庭でよいか」

「もちろん」

「…………」

新造が丈八郎に何か言おうとした。

「案ずるな」

「御新造、命までは取らぬ。勝敗が決すれば、それでよいのだからの。今暫く、見ていて下され」

新造が男から丈八郎に目を移した。

「儂の腕を信じておれ」

それよりも、と丈八郎が承治郎に言った。

「そなたが斬られたからと、腹いせいたすなよ」

　丈八郎は裃の肩衣を脱ぐと、下げ緒で襷を掛け、刀を腰に納めた。

　踏み石から庭に下り、素早く敵の人数を数えた。部屋にいた二人の他に、七名の者が庭にいた。間宮程ではなかったが、それぞれ、中々腕が立ちそうだ。囲まれ、同時に掛かって来られたら、百に一つも生き残ることは出来ぬだろう。恐ろしい相手だった。

「用意はよろしいかな？」

　間宮承治郎が言った。

「いつでも構わぬ」

　名取丈八郎が答えた。

　承治郎の刀が鞘を離れた。白刃が薄墨色の空を映して、鈍く光った。

　丈八郎は、足指をにじりながら間合いを詰め、太刀を抜いた。

　承治郎の白刃が閃いた。

　躱した丈八郎の剣が、白刃の軌道をなぞって垂直に振り下ろされた。承治郎の袂の端が斬り裂かれ、飛んだ。

　大きく踏み込んだ承治郎が、剣を横に払った。丈八郎は飛び退きながら小手を狙い、太刀を伸ばした。剣は虚空を斬って、流れた。承治郎が返す刀を胴に打ち込んだ。太刀で受け、丈八郎が体を入れ替えた。初めて刃が嚙み合い、鋼の音が立った。

「雁谷自然流、侮れぬな。そなたとは、違うところで会いたかったぞ」

「某も」

「されば、決着を」

「承知」

承治郎の太刀がすっと伸びた。

正眼に構えた丈八郎の剣が、承治郎の剣の切っ先に並んだ。

承治郎の切っ先が、小さな円を描いて回り始めた。丈八郎は円の中心に向かって、剣を強引に突き入れた。

二本の剣が重なり、絡み合い、解け、追うようにして血潮が噴き上がった。

新造の口から、声が洩れ、袂が口を覆った。

「父上」

幼い娘の声が庭に響いた。

二本の剣が左右に離れ、右腕を抱えた丈八郎が庭にうずくまった。

「柳生新陰流、確かに拝見した」

「これで柳生に勝ったつもりか」

「まさか。名取殿には江戸柳生をおびき出す餌になっていただいたのみ」

「初めから勝てると思うておったのか」

「我ら、それだけの修練は積んでおりますれば」

七名の者が、それぞれ剣の柄に手を当てた。

「死に急ぐことはあるまいに……」

「死ぬ気など、毛頭ござらぬ」

承治郎は呟くように言うと、丈八郎と新造に頭を下げ、屋敷を後にした。

四

尾張徳川家・徳川義直の兵法指南役・柳生兵庫助利厳の屋敷は、重臣たちの屋敷が建ち並ぶ三の丸にあった。

兵庫助利厳――。

石舟斎宗厳の嫡男厳勝の長子に生まれ、父の死後、祖父石舟斎の許で剣を学んで育ち、新陰流の印可を受ける。肥後の加藤清正に仕えたが致仕し、三十七歳の時、徳川義直の家臣となることを得た。

兵庫助の不遇時代、費(つい)えの面倒を見続けた柳生但馬守(たじまのかみ)宗矩は、石舟斎の五男であり、叔父に当たった。

この年兵庫助は五十四歳。宗矩は八歳年上で、六十二歳であった。

板廊下を三つの足音が近付いて来た。

嫡男新左衛門清厳(しんざえもんきよとし)、次男茂左衛門利方(しげざえもんとしかた)、そして三男の兵助(ひょうすけ)、後の連也斎厳包(れんやさいとしかね)だった。

足音が止まった。

「参りました」

新左衛門が言った。人数も名も、何も付け足さずに、ただ来たと言う。兄弟三人の足音を聞き分けている筈だと読んでの物言いだった。

「入れ」

十八歳を頭に、十三歳と八歳が居並んだ。十八歳の総領に、江戸に参るぞ、と言ってから、弟二人を見た。

「其(そ)の方らは留守居だ」

兵庫助は高弟の名を挙げ、何かの時は二人に相談せよ、と告げた。

「そのように申し付けてある」

「何故江戸へ？」

嫡男の新左衛門が訊いた。

「柳生に挑んで来た者がおる。その者と立ち合うて、名取丈八郎が腕を斬られたのだ」

兄弟三人がそれぞれ、己と名取丈八郎の腕とを比べている。八歳にしかならぬ兵助までもが、反射的に彼我(ひが)の差を捉(とら)え、歯を食いしばった。

「まさかと騒いでおった時に、紀州の兵法指南役の者が両腕を斬られたという報(しらせ)が入った。どうやら相手は同一の者であるらしい」

「何者でございますか」

兵助が乗り出した。

「雁谷自然流と名乗ったそうだ」

「聞きませぬな」

新左衛門が、嫡男らしい冷静な物言いをした。

「どこぞ片田舎の流派であるらしい」

「しかし」と茂左衛門が、口を挟んだ。「なかなかに強いようでございますね」

「紀州の小夫に次いで、名取を倒したのだからな」

「次は江戸なのでしょうか」

兵助が好奇心を剝き出しにした。

「それは分からぬ。紀州と尾張となれば、水戸かもしれぬ。しかし、江戸が最後の目当てであることは間違いない」

恨むなら江戸柳生を恨め、と小夫に言い置いたのだと、兵庫助が言った。

「雁谷自然流は、何故に柳生と事を構えたがるのか。名を上げたいだけなのか、それとも江戸柳生の裏の顔、すなわち諸藩の転封改易に関する柳生家の暗躍を憤ってのことなのか。真偽の程を詳らかにしなければならぬ。それで江戸に参る訳だが……」

兵庫助は一旦言葉を切ると、

「もう話してもよい頃であろう」

新左衛門に目で頷いてから、茂左衛門と兵助に言った。

「江戸と尾張の柳生は不仲で行き来はないとされている。それも詰まらぬことが原因でな」

但馬守宗矩が、兵庫助利厳の妹を兄に断りもなく無断で嫁がせた。それがために、両家は不仲になったと言われていた。

「あれは嘘だ。実ではない」

茂左衛門と兵助が顔を見合わせた。

「どうして、そのような嘘を吐かねばならぬのでございますか」

茂左衛門が、澄んだ瞳を真っ直ぐ父親に向けて来た。

「それはな、江戸柳生のお役目故のことなのだ」

「裏の顔……ということでございましょうか」

茂左衛門が言った。

「そうだ。転封改易をさせるために、幕府に逆らう者を秘密裏に葬り去ったこともある。それがために、江戸柳生は大名家にまでなった。しかし、一つ間違えば、いつ何時お取り潰しになるか分からぬ。江戸柳生は、まさに焔硝蔵の上に建てられた家だと思えばよい。柳生の家名と流儀を遺すためにも、連座せぬよう離れておらねばならぬのだ」

「大切なことは」と新左衛門が言った。「今日まで、それが見破られておらぬということだ。これからも隠しておかねばならぬ」

茂左衛門と兵助は硬い表情で首肯した。

「世間というものは、ありがちな噂話を信ずるものだ。それを巧みに利用された訳だ。流石江戸柳生を今の地位に押し上げた御仁だ」

兵庫助が、片頬を歪めるようにして笑った。

「江戸と尾張が不仲であると世間が信じてくれればくれる程、我らには都合がよいのだ。ともあれ此度がことは、柳生の一大事だ。それ故新左衛門と二人で密かに江戸に赴き、雁谷自然流の真の目的を確かめてくることにしたのだ。雁谷が、江戸柳生よりも腕が上回っておらぬとも限らぬしの。分かったな」

兵庫助と新左衛門は、翌早朝尾張を発ち、江戸に向かった。

見送ることを禁じられた茂左衛門と兵助は、自室に籠もり、父と兄の出立の音に耳をそばだてていた。

五

兵庫助と新左衛門が尾張を発って九日が経った。降り続く雨のために川止めとなり、無為な時を過ごしている頃、槇十四郎正方は出羽国上山から一里のところにいた。

桑折宿で奥州街道から七ヶ宿街道に入り、滑津、峠田、湯原を通り楢下の集落を過ぎた辺りだった。

楢下で、村人に乱暴を働く浪人者を懲らしめた礼にと、蕗や丸干し大根や味噌玉を藁縄で縛り、振り分けにしたものを持たされていた。もう直ぐ上山だからと高を括っていたのだが、歩き始めてみると、藁縄が肩に食い込み、あまりの重さに汗が噴き出してきた。

（もそっと遠慮いたせばよかった……）

上山の春雨庵には紫衣事件で配流になった沢庵和尚がいた。紫衣とは大徳寺と妙心寺の高僧にのみ許された紫色の僧衣のことで、宗門をも支配しようとした幕府に沢庵らが抵抗したのが紫衣事件だった。その沢庵に食べさせようと、欲を掻いたのが間違いだった。さりとて十四郎は、食べ物を無駄に捨てるような生き方はして来なかった。

十四郎が父の仇討ちと修行を名目に旅暮らしを始めたのは十五歳の時だった。それから十五年が経ち、今十四郎は、丁度三十歳になっていた。

十四郎の祖父は三河国碧海郡土居村で、村人に剣を教えながら修行に励んでいたのだが、十四郎の父が十三歳の時に病死し、祖母も半年後に没した。

両親をよく知る幕臣・土居小左衛門利昌が、いい面魂をしているからと父を養子に迎え、剣の腕を磨かせた。妻を娶り、子も生まれたが、妻は産後の肥立ちが悪く、乳飲み子を遺して没した。一子、十四郎正方である。

土居家には、もう一人養子がいた。徳川家康の生母於台の方の兄、三河国刈屋の城主水野信元の庶子として生まれた利勝である。家名を土井と改めた利勝は、今や幕政の中枢たる老中職にある。家康の従兄弟にも当たる土井大炊頭利勝が、その人だった。

父は土居村の道場を再建し、十四郎を鍛えた。その父も既に亡い。十四郎が十二歳の時にある剣客との立ち合いに敗れたのである。正々堂々とした勝負であったが、剣に生きようと決めた十四郎は、己の腕が父を越えたか否かを知るためにも、仇を追う決意を固めた。

それから三年の後、十四郎は世話を受けていた伯父・利勝に仇討ちと修行の旅を願い出た。以来、祖父の姓である槇を名乗っている。この何年かは、腕を上げたことを見込まれ、利勝からの頼まれ事を片付けたりもしている。

仇の名は、潔斎樋沼彦三郎。別名を久兵衛と言った。二年前に出会い、柳生の刺客・柳生七星剣との対決の時には、潔斎の力添えを受け、辛くも勝ちを得た。

恩は恩、仇は仇と駿河大納言忠長の御前で立ち合いに挑んだが、完敗を喫してしまった。後日を約したものの、駿河大納言が甲斐に幽閉されたため、そのまま会えないでいた。

沢庵との出会いは、十四年の昔に遡る。未だ十四郎が十六歳の時だった。立ち合いに敗れ、朱に染まった身体を野に晒していた時、介抱してくれたのが沢庵だった。後に沢庵が名の知られた高僧であると知ったのだが、構わずに接していた十四郎を逆に沢庵が面白く思ったのか、付き合いは自然に続いている。

春雨庵の茅葺き屋根が、木の間から垣間見えた。細い煙が立ち上っている。

（おられるな）

以前訪ねた折、沢庵は領主・土岐山城守頼方の許しを得、領内を旅しており、何日か待たされたことがあった。薪を割り、剣を振り、退屈はしなかったが、何やら肩透かしを食わされたような気になったものだった。

足を速めた。

袋竹刀を打ち合わせる音が聞こえて来た。袋竹刀と言っても、ただ竹を布できつく巻いただけのもので、昨年柳生七郎と立ち合った時に作ったものだった。

（誰だ？）

春雨庵の庭に回って見ると、江戸柳生の嫡男七郎と松倉小左郎が、稽古をしているところだった。

「珍しい顔合わせだな」

振り向いた七郎が、やっと来られた、遅い、と声を上げたが、十四郎の姿に目を留め、大笑いしている。小左郎も吹き出している。

それ程珍妙な恰好をしているとは思わなかったが、味噌玉や丸干し大根などを藁縄で縛り、振り分けにしているのは、いささかみっともなかったかもしれない。

とにかく汗水漬だった。

勝手口を潜り、厨の土間に入った。

沢庵が灰汁抜きをした山菜の水気を切っていた。何も変わっていない。配流の身を楽しんでいる風でもあった。

「御坊、お久し振りです」

沢庵は手を止め、おっ、と呟いてから、

「漸く来おったか」

表を見る真似をして、待っておったぞ、と言った。

「七郎が早う立ち合いたくて、うずうずしておるのだ」

今は徳川家光の勘気を蒙り致仕しているが、まだ小姓をしていた十七歳の時に、五分の見切りの手ほどきをしたことがあった。それ以来、執拗に立ち合いを挑まれ続けている。十四郎を負かすことで、己の腕がどれ程伸びたか知ろうとしているらしい。十四郎も同様の思いから樋沼潔斎に挑んでいるので、断り切れずに受けている。

「どうも私が来ることを知られていたようなのですが」

「柳生の配下に調べさせたのだ。どこぞの寺を発つ時、上山に行くと言い置いたであろう？」

覚えがあった。三春の寺を発つ時に、住持に言った言葉だった。それからついつい道草を食ってしまったのだ。

「もう五日もおってな。未だか未だかと、うるそうて敵わなかったぞ」

「小左郎は？」

「昨日、来たのだ。お蔭で、相手をして貰えて助かっておる」

松倉小左郎――。

富田流小太刀の遣い手として名を馳せた松倉作左衛門の孫に当たる。祖父の作左衛門は、若き日の柳生宗矩から小手を取った程の腕前だった。その腕を見込んで、土井利勝に失脚させられた本多正純（ほんだまさずみ）が、利勝を狙う刺客として送り込んだのだが、警護に付いていた十四郎に阻止された。遺された小左郎は、十四郎を仇と狙うが敗れ、沢庵の許に預けられる。一度は寺を逃げ出し、荒れた暮らしに身を投じた小左郎だったが、今では剣の修行に身を入れている。七郎と小左郎が、十四郎の身辺に現われてから九年になる。

「美味（うま）そうな蕗だな。早速始末するか」

沢庵の手を借り、味噌玉や蕗を下ろし、庭に出た。

小左郎の小太刀が、七郎の脇腹を捕らえようとしていた。

勝負があったかに見えた瞬間、逆手で抜かれた七郎の脇差が小太刀を受けた。

はっ、として飛び退こうとした小左郎の肩を、七郎の太刀が捕らえた。小左郎の肩口で袋竹刀が小気味のいい音を立てた。

「参った」

小左郎が膝を突いた。

「流石は松倉作左衛門殿のお血筋。鋭いですな」

七郎は余裕を見せると、十四郎を袋竹刀で指し、再び、遅い、と言った。

「遅過ぎますぞ。江戸に発つところでした」

「そなたらが見た通り、食い物を運んだり、用があるのだ。手ぶらで来るのとは訳が違うぞ」

「私も」と七郎が、胸を張った。「土産を持って参りました」

厨の中を思い返した。土産らしい食べ物は、どこにもなかった。

「知らせです」

「知らせ？」

「御坊にお赦しが出たのです。来月にも戻れましょう」

「実か」

「間違いございませぬ。父から確とこの耳で聞きました」

「すると、出石か堺に戻れるのだな？」

沢庵の故里である但馬国出石には修行に明け暮れた宗鏡寺があり、堺には南宗寺があった。

「まずは江戸かもしれませぬが、とにかく配流の身ではなくなる。それは間違いありませぬ」

「今は素直によかったと言うべきであろうな」

「そうです」

勝手口を見た。厨の中は暗く、沢庵の姿は見えなかった。

(それならそうと、言えばよかろうものを)

十四郎は、いつもと変わらぬ風をしていた沢庵の心のうちを推し量(はか)った。

(出石も、堺も、上山も、御坊にとっては同じことなのか……)

頭上遥(はる)かな高みで、鳥が啼(な)いた。

羽撃(はばた)きもせず、翼を広げ、青い空を滑っていく。

「十四郎殿」

と七郎が、言った。

「ちと腕を上げた故、立ち合うて貰いたい」

約一年前に立ち合った時は、十四郎が胴を決めていた。

「此度こそ、勝ちましょう」

成り行きで、小左郎が立ち合い人となった。

「始め」

小左郎の声に合わせ、双方が円を描いて回った。

蕗を薄味で煮る。好物だった。

沢庵は俎板の上に蕗を並べると、両の掌程の長さに切り分けた。粗塩を振り、蕗を押しながら転がす。灰汁が俎板を汚した。一度掌を横に走らせ、汚れを落とすと、また新たな蕗をのせ、切り分け、粗塩を振った。何度か繰り返し、すべての蕗の板摺りを終えた。

厨の外が騒がしい。

どうやら十四郎と七郎が立ち合っているらしい。

（好きだの）

口の中で呟きながら桶に水を張り、蕗を落とす。一晩水にさらしておけば灰汁が抜ける。後は皮を剝き、切り揃え、出汁で煮ればいい。

（待ち遠しいの）

手を拭きながら外へ出た。

七郎が右手首を押さえていた。

「もう一本！」

叫んでいる。

「今日はこれまでといたそう。御坊が美味い飯を作ってくれておる」

「儂の知るところ」

と沢庵が、七郎に話し掛けた。

「そなたと十四郎に、差はない」

「しかし、勝てませぬ」

「そうだ、勝てぬ。それはな、丸干し大根を振り分けにして大道を歩けるか否かの違いなのではないかな」

沢庵は七郎の肩に手を当て、力が入り過ぎておるのではないか、と言った。

「よう考えてみなさい。飯を食べてからの」

山菜を刻み入れた味噌雑炊（ぞうすい）が出来ていた。

四人で鍋を囲み、汗を流しながら食べ終えた後、十四郎は城下に出た。春雨庵に来たことを役所に知らせるためだった。領主の土岐山城守と槍術（そうじゅつ）の稽古をする約束をしていたのである。山城守は、後に槍の一流派を興（おこ）す程武芸を好んでいた。

その日の夜、柳生の使いが春雨庵の戸を叩いた。書状には骨子（こっし）しか書かれていなかったらしく、使いの者が七郎に細々と耳打ちをしている。

「江戸に戻ります」

聞き終えた時には、発つ用意を始めていた。

「夜ではないか」

沢庵が言った。

「柳生には、昼も夜もございませぬ」

「土井家も絡んでいるのか」

無沙汰を重ねていた。何か関わりがあるのなら、駆け付けねばならない。十四郎が尋ねた。

「これは、柳生家のことでございます」

「分かった」

「御坊のお言葉を嚙み締め、また挑みます」

七郎は沢庵と十四郎に言い残すと、使いの者と闇の中に消えた。

「十四郎、七郎は勝ちたくてうずうずしておるのだ、負けてやったらどうなのだ。しつこく挑まれずに済むであろう」

沢庵が、囲炉裏に榾をくべながら言った。

「一度負けたら、二度と勝てませぬ。そんなところに七郎はいるのです。何があろうと、負ける訳には参りませぬ」

「……それが剣に生きる者の考えであろうな。詰まらぬことを言うた。許せ」

沢庵は坊主頭を下げると、寝るか、と訊いた。

翌朝早速、蕗の煮物と水に浸(ひた)して戻した丸干し大根の味噌汁が出た。腹を満たした後は、小左郎と終日薪を割った。夕餉に、また蕗の煮物と味噌汁が出た。

闇の向こうに異様な気配を感じたのは、その夜のことだった。

気配を立てているのが人か獣か、遠くて分からなかったが、暫く動かずにいた。

翌日の昼、目付きの鋭い男と若衆(わかしゅ)姿の女武芸者が、四人の若侍を従えて、春雨庵に現われた。

「槇十四郎殿ですな？」

目付きの鋭い男が言った。

「そうだが、お手前は？」

「我ら両角鳥堂縁(ゆかり)の者。仇討ちに参った」

男の口上を聞き付けた沢庵と小左郎が、十四郎の背後に肩を並べた。

「穏やかではないの」

沢庵が肩越しに言った。

「仇呼ばわりとは、片腹痛いわ」十四郎が言った。「刺客を退けただけの話だ」

「そのようなことは、どうでもよい。立ち合いをあくまで拒むと言うなら、斬り伏せるまでのこと。それでよいのだな？」

「直ぐに斬るとは何だ？　ここをどこだと思うておる。儂の庵（いおり）だぞ」

声を張り上げる沢庵を静め、これも剣客の定め故、と背を向けたまま言い聞かせ、

「裏に回るがよい。されど、この御坊は関わりのないお方、手出しせぬと誓え」

「坊様を斬る剣は持たぬ」

若衆姿の女が言った。卵形の顔に、眉（まゆ）の線が美しく、冴えざえとした面差（おもざ）しをしていた。

若侍が裏に走り、次いで若衆姿の女と男が続いた。

「烏堂というと、七星剣ですね」

小左郎が、小声で訊いた。

「そうだ。七星剣はすべて倒した故、縁者というのは正しいかもしれぬ」

「お手伝いいたします。あの時と同様に」

刺客・柳生七星剣と対決した折にも、駿府の地に駆け付けて来た小左郎の助力を得ていた。

「済まぬな」

「これも剣客の定めでしょう」

「そのような言葉、覚えんでもよい」

沢庵が小左郎を叱(しか)り付けた。

「逃げるのではあるまいな」

裏で男が叫んだ。

「御坊は出て来られませぬように」

「そうしよう」

「小左郎、参るぞ」

十四郎は、光に溢れた庭に出ながら襷を掛けた。

「松倉小左郎、十四郎殿に助勢(じよせい)いたす」

小左郎が小太刀を抜いて身構えた。

「多少は遣えるらしいな」

男が鼻の先で笑った。

十四郎は小左郎の一歩前に出、

「名を聞いておこう」と言った。「そなたらの墓標を作らねばならぬでな」

「雁谷自然流、朝波右馬」

目付きの鋭い男が言った。

「同じく、周防茅野」

若衆姿の女が言った。

「雁谷自然流と両角烏堂とは、どのような関わりがあるのだ？」

「師範の跡取りが継之助様なのだ」

「烏堂は、継之助と言ったのか。その烏堂が何故、流派を捨て、柳生新陰流に走ったのだ？」

「問答無用。参るぞ」

朝波右馬が十四郎と、周防茅野が小左郎と向かい合った。四人の若侍は庭の東西の隅に立ち、控えている。朝波ら二人のいずれかが危うくなるまで、そうしているのだろうか。十四郎は、若侍らが真後ろに来ぬよう、そっと足指をにじり、回り込んだ。

朝波右馬が、右足を引きながら誘うように太刀を中段から脇に滑らせた。太刀が身体に隠れた。柄しか見えない。

（それで間合いを消したつもりか）

十四郎は腰を割り、居合の構えを取った。

朝波が背を屈めた。上半身を捩っている。左肩が無防備に突き出された。

打ち込むと、どうなるのか。恐らく、朝波は渾身の力を込めて、太刀を斬り上げて来るだろう。十四郎は居合である。片手で受けられるか。弾き飛ばされるかもしれない。

ならば——。

十四郎の足が地を擦って一歩前に出た。朝波の捩れが、激しくなった。十四郎の足が、更に間合いを詰めに掛かった。朝波の身体が弾かれたように回り、遅れて跳ね上がって来た太刀を、十四郎の腰から滑り出た鞘ががっちりと食い止めた。

「何……!?」

大きく見開いた朝波の目に、鉄を仕込んだ鞘が映った。

「小細工をしおって」

「小細工ではない。頭を使うただけだ」

十四郎が鞘から太刀をゆるりと引き抜こうとした。

「それで勝ったつもりか」

朝波の口許が歪んだ。途端、鞘を押し返して来る力が消えた。

腕の力を抜くと同時に、身体を十四郎の背後に回り込ませながら、朝波の剣が円弧を描いた。間合いを得ようと仰け反った十四郎の袖を、鞭のように撓った朝波の太刀が行き過ぎた。袖が裂かれ、薄く血が滲んだ。皮一枚が斬られていた。

もし朝波の太刀が一寸長ければ、腕が飛んでいただろう。

動きが速かった。十四郎の額に汗が流れた。

（これが雁谷自然流か……）

両角烏堂の太刀筋とは違っていた。柳生新陰流を会得したが故に、雁谷自然流とは違う太刀筋となったのか。

大きく間合いを取り、小左郎と斬り結んでいる周防茅野を見た。

茅野は下段の構えから、様々な変化技を繰り出していた。小左郎は勝ちを焦らず、丁寧に受けている。富田流小太刀の要諦でもあった。

「二人ばかり手伝え、決着を付けてくれる」

朝波が若侍を呼んだ。

即座に二人が応じ、十四郎を左右から挟んだ。

「三人同時に斬りかかる。遅れるでないぞ」

「応！」

応えた左手の若侍に鉄で固めた鞘を投げ付け、怯んだ隙に右手の若侍の脇を擦り抜け、袈裟に斬り捨てた。背が割れ、血飛沫が上がった。

「おのれっ」

朝波が脇構えのまま突っかかって来た。もう一人の若侍も脇構えになって走り寄って来ている。

二人が揃って斜めに斬り上げて来たならば、太刀で受ける術も躱す術もなかった。

窮まったか。

横に走ろうとして、岩に目が止まった。

（南無三）

思いついた方法は、それしかなかった。しくじれば命を落とすだろう。しかし、動かなければ、確実に死ぬ。生き延びるためには、動くしかなかった。

十四郎は真横に走った。朝波と若侍が追って来た。

飛んだ。岩の頂（いただき）を蹴（け）り、中空に浮いた。

若侍が追いつき、脇構えから鋭く斬り上げた。光の筋が十四郎の足裏の下を通り過ぎた。ちっ、と舌打ちし、刀を返そうとした若侍は、己の胸に深々と刺さった剣に気付き、刮目（かつもく）した。二人に追われ、窮地にありながら、どうして剣を投げられるのか。

修行が足りぬ、と思った。雁谷に戻り、もそっと稽古をせねば。

そこで、事切れた。

若侍の胸から刀を引き抜くことは諦（あきら）め、脇差を手にして十四郎は走った。

薪を割った時に使った手斧（ておの）が丸太に刺さっている。

行く手を茅野が阻んだ。

（小左郎は……）

茅野の後ろを見た。小左郎がいた。腕から血を流しているが、深傷ではなさそうだった。

若侍に挟まれ、苦戦している。

茅野の横に払った剣が、脇を掠めた。

迷いのない太刀筋だった。

背後に濃厚な殺気を感じ、振り向かずに斜め前方、茅野の切っ先目指して飛び込んだ。

茅野の突きが、虚空を裂き、背後から迫っていた朝波の足を止めた。

「誰か、参ります」

表に見張りを立たせていたのだろう。二人の若侍が庭に走り込んで来た。

荒い蹄の音がした。乱暴な馬の扱い方には覚えがあった。

「いかがした?」

破鐘のような声に次いで、槍を手にした大男が馬から下り立った。頭上で槍を二度、三度と振り回し、構えると、

「上山城主・土岐山城守である。手向かいいたさば、槍の錆にしてくれるぞ」

槍の穂先が微動だにしない。並の腕ではないと知れた。

朝波右馬と茅野が顔を見合わせ、首を横に振った。

「引け」

朝波が若侍に叫んだ。

「待て」

十四郎は呼び止めると、倒れている若侍の胸から太刀を引き抜き、

「二人を葬ってやるがよい」と言った。「連れて行け」

茅野が若侍に頷いて見せた。

「必ず倒してくれる。待っておれ」

朝波が刀を納めながら言った。

「捕らえるか」

土岐山城守が十四郎に訊いた。鯉口を切った家臣が並んでいる。

「けりをつけねば収まらぬでしょう。今は行かせて下さい」

「承知した。ところで……」

山城守が思いついたように訊いた。

「御坊は？」

春雨庵に入ろうとして、沢庵が小左郎の手当をしているのに気が付いた。血が滴り落ちていた。

「相当な腕の者であったらしいの？」

「なかなかに手強い相手でした」

「勝てるのか」

分からなかった。運がよければ勝ち、悪ければ負ける。その運を呼び込むのが、修練で身につけた技だった。技には自信があった。

「あの者は、知り人（びと）か」

土岐家の家臣に挟まれた男が、十四郎を見て、僅かに頭を下げた。

土井家の細作（さいさく）・百舌（もず）だった。

第二章　麻布日ガ窪

一

　出羽国上山から奥州街道の桑折宿までは、十四里三十五町（約五十八・四キロメートル）の道程だった。間に七つの宿場があることから七ヶ宿街道と呼ばれている。別名羽州街道ともいい、先は弘前を通り青森まで続く北の要路である。

　上山を発った槇十四郎と百舌は、南に下って楢下を通り、金山峠を越え、湯原の手前にいた。上山を出立した時から、尾行が付いていていた。元より気付かぬ二人ではなかったが、沢庵の庵に危害が及ばぬように、十四郎らが遠くに去ったと分からせるために、延々と湯原まで引き擦ってしまったのだった。

「そろそろこの辺りで」と、百舌が言った。「いかがでございましょう？」

百舌が切り出さなければ、十四郎が言ったところだった。急な坂を上り切った曲がり角に、人の背丈程の大岩があった。上り切り、ほっと一息ついている隙を突けば、難無く倒すことが出来るだろう。

「ずっと纏い付かれても鬱陶しいからな。やるか」

二人は岩陰に隠れた。

百舌とは一年前、【柳生双龍剣】の時に、東海道の鳴海宿辺りから北国街道の木之本まで行をともにしていた。その時十四郎は、足を斬られた百舌を背負ってやったりもした。

気心は知れていた。だからこそ、江戸からの使いとして上山に送られたのだった。

春雨庵に現われた百舌は、柳生に騒動が持ち上がったと思われます、と十四郎に言った。

――そのことで、至急江戸へお連れ申すように殿から仰せつけられました。

柳生七郎もここ上山にいたことを教えた。

――江戸から使いが来て、慌てて発ったところだ。

騒動とは何か、知っていることをすべて話すように百舌に言った。

——さすれば——。

紀州と尾張と水戸の柳生新陰流の指南役、あるいは高弟の者が相次いで襲われた。紀州と尾張は腕を斬られただけで済んだが、水戸の指南役は斬り殺され、家人も深傷を負わされた。

——私どもで分かりますのは、ここまででございます。しかし、順序として次に狙われるのは……。

——江戸だな。

——柳生に恨みを持つ者が柳生に何をしようが構わぬが……。

百舌が顔の前で手を横に振った。

——私ではございませぬ。殿のお言葉でございますので、お間違いになられぬように。

続きを話すよう、促した。では、と百舌が咳払いを一つした。

——江戸でも同様のことが起きれば、幕府の威信に関わって来る。至急事の次第を調べよ。殿は、斯様に仰せになられました。

——そなたらは動かぬのか。

——動いておりますが、何しろ相手が強過ぎますので、無謀なことはするな、との頭領からのお達しでございまして。

――元気でおられるか。

十四郎が訊いた。

――へっ？

――へって、元気でおられるかと訊いておる。

――殿でございますか。

――あのお方はどうでもよい。お元気に決まっておる。

――お元気でございます。

百舌が言った。

――誰が元気なのだ？

十四郎が訊いた。

――頭領でございます。

――そうだ、頭領だ。頭領が元気ならば、それでよいのだ。なのに、ぐちゃぐちゃと言いおって。

土井家細作の頭領・蓮尾水木から胸の内を告げられて二年になる。才慕イシテモ、ヨロシイデショウカ。十四郎も憎からず思っていることは伝わっている筈だった。今はそれでいいと、十四郎は思っている。いつかは、血飛沫の中をいくような暮らしも終わるだろう。その時が来れば、互いの日々の過ごし方も違ってこよう。

「槙様、十四郎様」

百舌が、袂をくいくい、と引っ張っている。我に返ると、目の前に百舌の平べったい顔があった。

来マシタと、百舌の唇が縦と横に動いた。

街道から荒い息と乱れた足音が近付いて来た。健脚に見えても、峠を一つ越した後の急坂である。日々の鍛練の差が嫌と言う程出たのだ。

「水をくれ」

一方が他方に言った。二人で尾けていた。何かの時には一方が駆け戻るためである。尾行の常道だった。

一人が竹筒を逆さにした。

「飲み干したのか」

その男が、済まなそうに片手で拝む真似をした。

「俺の分も、飲んだのか」

しつこい。十四郎は岩陰から姿を現わすと、水くらいで喚(わめ)くでない、と声を掛けた。

驚いた二人が刀の柄(つか)に手を掛けた時には、懐(ふところ)に飛び込んだ十四郎が当て身を食らわせていた。大小を取り上げ、街道脇の草叢(くさむら)に転がした。

「起きろ」

百舌が二人の尻を交互に蹴飛(けと)ばした。

尾行者の二人は、腰の物を取り上げられて意気消沈したのか、十四郎の前で不機嫌に黙り込んでいる。

「私は火急の用が出来、紀州に行かねばならなくなった」

と十四郎は、二人に嘘(うそ)を吐(つ)いた。

百舌の話によると、柳生の名だたる剣客(けんかく)を次々と襲っている輩(やから)が出没するらしい。伯父上の読んだ通り、次は江戸柳生に挑むに相違ない。このまま雁谷一派に江戸まで尾けられたら、柳生を追う者と雁谷の者が鉢合わせをせぬとも限らない。江戸は大変なことになる。雁谷自然流があくまでも流派の仇として己を狙うなら、決着を付ける場は江戸であってはならないのだ。

「帰路、尾張にも寄らねばならぬ故、少なくとも二月(ふたつき)か三月(みつき)はかかる。戻ったら、上山に必ず参る故、その旨、朝波殿と周防殿に伝えてくれぬか」

「承(うけたまわ)ったが、逃げることはあるまいな」

一人が言った。百舌が若侍の尻を蹴飛ばそうと足を振り上げた。男はすっ、と体(たい)を開くようにして躱(かわ)すと、百舌の足を掬(すく)い上げた。百舌の身体が一回転して地に落ちた。即座に立ち上がり、百舌が身構えた。

「止(や)めよ」

十四郎は百舌を手で制し、よい腕だな、と男に言った。

「名は何と申す？」

「下郷伊助(しもごういすけ)」

「そなたは？」

もう一方の若侍に訊いた。

「柿崎荘介(かきざきそうすけ)」

「覚えておこう。雁谷自然流、よう鍛えてあるな。朝波右馬殿に周防茅野殿も相当な腕であった」

「あのお二人は四天王だ。我々とは格が違う」

下郷が、さらっと言った。

「四天王ということは、他にもいるのか」

縁者は二人だけだと思い込んでいた。

「四天王の残り二人に師範代、そして師範がおられる。師範の剣は比類なきもの故、楽しみにしておれ」

「まさか、皆が私を仇と思うて……」

「当たり前の話だ。継之助様は師範の跡取り故、そなたは雁谷自然流に関わる者すべての仇と思えば間違いないわ」

朝波右馬一人に梃摺ったのに、まだそれだけいるのか、と思うと、立ちくらみに似たものがよぎった。

「烏堂の父上に会いたいのだが、道場はどこにあるのか教えてくれぬか」

「それは言えぬし、会って何とか立ち合わずに済まそうと考えるのは無駄なことだ。そなたを倒して、継之助様の仇を討つ。師範をはじめ我等一同、思いは同じだ」

「分かった。それでは、次に立ち合うまでに、私も工夫をしてみよう」

下郷と柿崎が鼻の脇に皺を寄せた。笑ったらしい。

「何か可笑しなことを言ったかな？」

「その場凌ぎの工夫で雁谷自然流は倒せぬ」

「それも覚えておこう」

「刀を返してくれぬか」

「百舌」

百舌が鐺の方を二人に向けて、手渡した。

「用心深うなったの。それが進歩だ」

百舌を投げ飛ばした下郷が笑って見せた。

「お前さん」と百舌が、目を据えた。「魚は、お造りがいいか、塩焼きがいいか、それとも煮魚がいいか、どれでやしょう？」

「何を言いたいのか分からぬが、私は塩焼きがよいかな」

下郷は大小を腰に差しながら言った。柿崎の口が解け、白い歯が覗いた。

「ならば、楽しみに待っていて下され。いつかお前さんを焼き殺して差し上げましょう」

下郷が柄に手を掛けた時には、百舌は大きく飛び退いていた。

「尾けるなよ。次は斬るぞ」

十四郎が、二人に言い置いた。

二

桑折宿に出た十四郎と百舌は、馬を駆り、奥州街道を千住へと直走った。

桑折から江戸までは七十四里（約二百九十キロメートル）ある。この道程を、一日に三十里（約百十七キロメートル）、二日半で駆け抜けたのである。

このような走りが出来たのは、十四郎が時の老中の甥であることにも因った。関所での応対から宿場での馬替えに至るまで過分な便宜が図られたのである。

二人は千住で馬を下り、徒歩で江戸市中に入った。市中の賑わいが、十四郎には懐かしかった。来る度に、女子の姿と物売りの姿が増えているのも、江戸の風景を柔らかくしていた。

武士の町として開かれた江戸は、幕府に従う直参と、全国から集まる大名家家中の武士たちが集う町である。幕臣らは江戸で一家を成すが、大名家家中の者どもは、郷里に妻子を残して主君に供奉して来た者や独身者が多い。従って、男ばかりの武張った雰囲気が強かった。とは言え、年とともに武家や大名家を得意先とする商家が増え、それに伴って店先に立つ女子の姿も見受けられるようになりつつあった。

伯父・土井大炊頭利勝の屋敷は、大炊殿橋御門内にあった。大炊殿橋は、後の神田橋のことである。橋に名が付く程の権勢であった。

橋を渡り、屋敷の御門を潜ろうとして、御門脇の番所に留め置かれたことがあった。髷も結わず、汚れた身形をしていたためだった。十年程前になる。しかし、髪や身形は、今も大して変わっていない。伸びていると面倒だからと剃っては伸びるに任せ、また暑苦しいからと剃る。その繰り返しをしていた。

髪は一年前に、北国街道で柳生七郎に剃って貰ったままだった。そろそろ剃る頃合になっているのかもしれない。

潮田勘右衛門が式台に現われ、膝を突いた。

「甥御殿、お久し振りでございますな」

勘右衛門は、土井家古参の家臣の一人で、配流となった沢庵を上山に送り届ける際、幕府の役人に粗相がないようにと利勝が目付として付けた男でもあった。

勘右衛門の厚情により十四郎は、七ヶ宿街道の小坂(こさか)峠で、沢庵と別れの言葉を交わすことが出来たのだった。

「大層立派な御髪(おぐし)でございますな」

勘右衛門は、しげしげと見詰めてから、

「しかも」と言った。「においますぞ」

いつ洗ったのか思い出せなかった。奥州街道でも、七ヶ宿街道でも、春雨庵でも洗わなかった。その前だとすると……。どこかで川に潜(もぐ)った時以来だった。

「お召しものもにおいます。風呂(ふろ)にお入りなされい。着るものもご用意いたします故」

「済まぬな」

十四郎は、袖(そで)を鼻に押し付けた。

(百舌の奴も言えばよいものを)

湯屋の前も通れば、古着屋の前も通っていた。

「これだけ隙(すき)だらけなのにお強いとは、甥御殿は面白いお方でございますな」

機嫌よく笑いながら勘右衛門は、素早く風呂の支度(したく)と着替えの用意をするよう配下の者に命じた。

「殿にお会いする前に、甥御殿のお耳に入れておきたきことがございましてな」

勘右衛門は風呂の中にまで入り込み、背を流しながら話し始めた。

一月に将軍秀忠が身罷り、寝る間もない程多忙であったこと。

二月には、御代替わりの混乱に乗じて幕府の転覆を謀ろうとする回文が見つかり、その首謀者として土井利勝の名が記されていたこと。それが肥後熊本五十四万石の城主加藤忠広の嫡子光正の悪戯と分かり、六月に加藤家が改易になったことなどを挙げた。

「殿はもうくたくたでございます。お酒の量も、随分と増えておいでと聞いております」

「伯父上はお幾つになられたのだ？」

「丁度六十歳でございます」

「還暦か」

「早いものでございますな」

利勝は三十歳の時、徳川家康から下総国小見川に一万石の地を賜り、大名家を興した。それから三十年が経ったのだと、小見川以来の臣である勘右衛門が遠くを見るような目付きをした。十四郎が、透かさず茶々を入れた。

「それにしては悟らぬ御仁だな」

十四郎の背を、勘右衛門の八手のような掌が叩いた。


利勝は奥の居室で、酒を飲んでいた。

昆布と鰹節に、梅肉の叩いたものを加え、味醂で伸ばしたものだけを肴に、顔色も変えずに黙々と酒を流し込んでは、

「もそっと繁々顔を出さぬか」

睨むように十四郎を見詰め、また手酌で酒を注いでいる。

「酌をしましょうか」

「いらぬ」

利勝は呟くと、どうだ、と言った。

「腕は上がったのか」

「右に出る者はおらぬわいと思うておりましたら、どうも結構いそうな具合で、ちと焦っております」

「それにしては、のんびりとした顔をしておるぞ」

「伯父上が大層お疲れだと漏れ承りましたので、少しでもお慰めになるように
と、明るく振る舞うております」

「健気だの、口は」

「心も、でございます」

利勝は、フンと鼻で笑うと、盃を空にした。

「あの……」

言い掛けて十四郎が言い淀んだ。

「何だ？　はっきり言うてみい」

「私も飲みたいのでございますが……」

「ならぬ。これから重要な話を聞かせるところだ」

「ですが……」

十四郎が盃を見ているのに気付いた利勝が、儂ではない、と言った。

「頭領が、話すことになっておる」

「水木殿が」

「直ぐに参る。待っておれ。そなたが、これ程早く戻るなどとは思わなんだの
だ」

土井家の細作は、利勝が小見川に一万石を賜った時に、家康から下賜された三家から始まった。三家の中では蓮尾家の家格が一番上であったことから、蓮尾家の長が頭領となった。

ところが、蓮尾家の長であった兄が突然病に没した。ために、妹の水木が頭領職を継ぐことになった。水木は、中条流を会得した結城二郎右衛門が興した結城流小太刀を極めており、土井家屈指の遣い手だった。土井家細作初の女頭領誕生に、異論を挟む者は誰もいなかった。

足音が座敷に近付いて来た。軽い足音である。女子と思われた。

足音は襖の向こう側で止まると膝を突き、来たことを分からせようとしたのだろう、襖越しに濃密な気配を漂わせて来た。

「水木にございます。只今、戻りました」

「入れ」

久し振りの再会だった。会釈する十四郎に、水木が会釈で返した。水木の口が何か言おうとして開いた瞬間、

「どうであった?」

と利勝が、盃を置いて訊いた。水木の顔が、頭領の顔に戻った。

「また高弟が襲われ、利き腕を斬られたそうでございます」

「粗方のことは、百舌から聞いている」と十四郎が言った。「襲われたのは、江戸柳生の高弟か」

「ご存じでしょうか」

　水木が名を挙げた。手合わせしたことも、面識もなかったが、名だけは聞き覚えのある者だった。凡庸の腕の者ではない。

「これで二人の者が襲われ、ともに利き腕を斬られております」

「えらく腕が立つようだな」

　利勝が箸先で肴を掬い上げ、口に含んだ。

「柳生の高弟と言えば、並の腕ではございませぬ。その者の腕を狙い、斬るとは……」

　水木が十四郎を見た。

「かなりの腕ですな。いっそ叩っ斬ってしまった方が余っ程簡単なのに、斬らぬ。余裕ですかな」

「沢庵和尚の許に出入りしておるのに、血腥いことを申す奴だの」

　利勝が酒に濁った目を十四郎に向けた。

「襲うた者ですが、一人ですか、それとも？」

十四郎が水木に訊いた。

「六、七名の者で取り囲むらしいのですが、立ち合うのは一人です。他の者は、道場の稽古の時のように見ており、呼ばれない限り、手出しはしないそうです」

十四郎の中で何かが疼いた。覚えがあった。上山で、朝波右馬と、次に周防茅野と立ち合った時、他の門弟どもは庭の端から見ていた。朝波に呼ばれ、初めて二人の若侍が加勢に出た。

「流派までは分かっております。しかし、それが実在するか否かは不明です」

「雁谷」と十四郎が言った。「自然流……」

「どうして？」水木が目を見開いた。「どうして、それを」

利勝の盃を持つ手が止まった。


十四郎は上山で襲われた時のことを話した。

「両角烏堂の縁者だと言うて、仇呼ばわりされたのだ」

「すると、烏堂の父親が開いたのが雁谷自然流で、その門弟どもが此度の騒動を起こしているという訳ですか」

　水木が訊いた。

「流派が同じだから同一の者どもとは限らぬが、滅多に聞かぬ流派故、同一の者とするならば、一方で柳生新陰流を襲い、他方で烏堂の仇を討とうとしていることになるの」

「妙に焦っているやに思われますが……」

「同時に仕掛けることではないな」

「たとえ腕に自信があろうと、私なら片方ずつ片付けます」

「持ち駒を二つに分けるより、一つに纏めて襲うた方が、間違いは少ないしな」

「片方ずつにすると長引くと考えたか、十四郎の腕を嘗めておったかだな」

　利勝が、空になった銚子を逆さに振りながら言った。

「どのみち、長引かせる訳にはゆかぬ事情があるのであろうよ」

「何でございましょうか」

　水木が訊いた。

「……誰ぞ命数の尽きかけた者がおるのだろう。その者が生きているうちに事を終えたいと思うておるのではないかな」

利勝は、なおも銚子に未練を残し、覗き込んだ。

「それに、其（そ）の方らは柳生と十四郎を分けて考えておるが、其奴（そやつ）どもにすれば一つかもしれぬぞ」

「それは？」

「跡取りの鳥堂に暗殺剣を仕込んだ柳生、その鳥堂を斬った十四郎。其奴どもにすれば、ともに仇なのだ。仇を討った結果、柳生を倒したことで雁谷の剣名が上がれば、それはそれで結構、ということかもしれぬぞ」

酒を諦（あきら）めたのか、利勝は銚子を膳（ぜん）に戻すと、

「だが」と言った。「そのような理由はどうでもよい。分かっても分からぬでも構わぬ。問題は一つ。雁谷自然流と立ち合（お）うて十四郎は勝てるのか、柳生は勝てるのか。そこのところだ」

四天王の一人、朝波右馬との立ち合いを語り、小左郎が周防茅野に腕を斬られたことを話した。

「手強（てごわ）いの」

「四天王より腕の立つ師範代、更に父親である師範がその後ろに控えておるそうでございます」

「父親は立ち合えるのであろうか」

「門弟の口ぶりでは、立ち合えるように聞きましたが」

「すると、読み違えたかな……」

利勝が小首を傾げた。

「いや」と十四郎が言った。「流石に伯父上でございます。恐らく師範の命の残り火が消えぬうち、と思うて急いでいるのでしょう」

「そうよな」

と利勝が、しみじみとした口調で言った。

「もう残り火なのだな、儂らは。せめて、好きな酒をたっぷり飲ますなどして、労らねばならぬぞ」

その夜、水木の案内で柳生の高弟が襲われた場所を見に行ってみた。

一人目が襲われたのは、四ツ谷御門から内藤新宿に向かう途中の寺社の境内で、二人目は赤坂にある御先手組組屋敷近くの、これまた寺社の境内であった。

どちらも夜ともなれば漆黒の闇となるところで立ち合ったことになる。

「門弟衆が、提灯を掲げて、立ち合う二人を取り囲んでいたという話です」

「柳生の動きは？」

上山から急ぎ江戸に戻った七郎の姿を思い浮かべた。

「毎晩七郎様が夜回りをなさっていると聞いております」

「今夜も回っているのであろうか」

「恐らく……」

「私たちも、もう少し回ってみるか」

「はいっ」

水木の顔が笑み割れた。その表情は、探索行には相応しくなかった。

三

十四郎と水木は御先手組組屋敷に沿って東に進み、愛宕下に出た。東から南の夜空にかけて、天徳寺と増上寺の森が暗く広がっている。

不吉な暗さだった。

その上、空からは厚い雲が、寺社の森に、甍に、届かんばかりに低く垂れ込めている。

十四郎らは神谷町の通りを富山町方向に折れ、建ち並ぶ寺社の間を抜け、切通しに出ようとした。

十四郎が空を見上げた拍子に、暗がりに足を取られそうになった。

水木の白い歯が零(こぼ)れた。

「夜目は、鍛えた筈なのだが」

十四郎が頭に手を当てた。随分と伸びて来たが、まだ髷を結える長さではなかった。尤(もっと)も、髷など結う気はまったくなかったが。

十五歳の時、武者修行をするために土井の家を出た。その時に髷を落として以来、何度か伸び過ぎた髪を束ねたことはあったが、髷を結えるまで伸ばしたことはなかった。

「夜、山を歩いたりするのですか」

好んで歩いたりはしないが、あまりの月の美しさに頂(いただき)まで歩いたこともあれば、河原まで下りたこともあった。

「そんな時は何を考えているのですか」

何も考えていなかった。ただ空っぽの己を投げ出していた。

「うらやましい……」

水木がぽつりと言葉を零した。

「何が、です？」

「私たちには、そのような余裕はありませんでした」

四囲を閉ざされた箱状の部屋にあるのは、線香一本だけだった。そのか細い光で読み書きをし、刻を数える。

「十にも満たない頃でした」

「怖かったであろう？」

「泣き叫んでいる者もおりましたが、私は頭領家の者、泣くことは許されませんでしたから」

水木が町屋の軒下を指さした。

「古い燕の巣がありましたが、お気付きになりました？」

気付くどころか、ただの暗がりにしか見えなかった。

「私は運がよかったのか、こうして夜目が利くようになりましたが、中には却って目を悪くする者もいました……」

「私は」と、十四郎が言った。「水木殿のことを、殆ど知らぬ」

「はい」

「知っているのは、小太刀を遣うこと。敵となれば容赦なく責め問いいたすこと」

「まあ……」

「その痛みを知ろうと、己の身体でも試したことがあったということ……」

九年前に、伯父の利勝から聞いた話だった。失脚させた政敵・本多正純が、小太刀の名手・松倉作左衛門を刺客（しかく）として放った。十四郎は小太刀の太刀筋を知ろうと、水木の小太刀で受けと躱し方の稽古をしたのである。

「詰まらぬことを、よう覚えておいでです。お忘れ下さい」

「忘れぬ。それも、これも、水木殿だからな」

「…………」

二つの足音が重なり、切通しを抜けた。通りを隔（へだ）てた向こうに馬場があった。その後ろには、武家屋敷が続いている。

水木が、ふと足を止めた。どうした？　尋ねようとした十四郎を、水木が手で制した。

「探しものが、見付かったやもしれませぬ。参りましょう」

水木が指さしたのは、甍の奥の鬱蒼（うっそう）と茂った木立（こだち）だった。

走った。走りながら言った。

「よう聞き分けたな」

走りながら話して、呼気が乱れるような鍛え方はしていない。水木も同じだった。

「鋼気（かねけ）に聡（さと）くなるよう、躾（しつけ）られております故」

「大したものだな」

寺領の隅の林の底で、ぼんやりとした明かりが蠢（うごめ）いていた。

（あれだな？）

指をさした。

（はい）

（先に行くぞ）

十四郎が己を指し、前に出た。

（はい）

もし雁谷自然流の者どもならば、水木の腕を上回っている。前を走らせる訳にはゆかなかった。

月が隠れ、闇夜なのだが、不思議と夜目が利いた。足許を気にせず、大きく走ると、平地を走っているように感ずることがございます。多分、あの時はそんな具合だったのでしょう、と後に水木に言われたのだが、木の根につまずくこともなく、林に辿り着けた。

楠の巨木に身体を隠して、明かりの方を見た。

ぐるりを提灯で囲んだ輪の中に、三人の武家がいた。

二人は柳生七郎と供の者であり、もう一人は七郎と同じくらいの背丈の男だった。

柄も大きく、背筋の張り具合からして、並の腕の者ではないと思われた。

何やら問答をしている。

提灯の明かりを頼りに、朝波右馬、周防茅野、そして門弟の下郷伊助と柿崎荘介を探した。顔の下方から明かりを受けているので、男の人相は分からなかったが、華奢な作りの女子の姿は直ぐに分かった。

「周防茅野がおったぞ」

「では……」

「雁谷自然流の者どもだ」

頭数を数えた。十七名いた。多かった。居合で対処出来る数を超えている。

しかし、七郎を置き去りにする訳にはゆかない。

「火薬の持ち合わせは？」

水木に訊いた。ないに等しい量だった。

「申し訳ございませぬ」

「何の、それだけあれば、取り敢えずは足りる」

直ぐにも爆発出来るよう火薬と種火の用意をさせ、十四郎は水木とともに木立の陰を伝って雁谷勢に近付いた。

その時、十四郎らのいる木立の遥か上空で、ドンという音とともに、小さな赤い火玉が炸裂した。

振り返った十四郎に、水木が首を横に振って答えた。

（私ではありませぬ）

（分かっている）

水木の持っていたのは黒色火薬の粉であり、狼煙用にと丸められたものではなかった。

（誰が、何のために？）

　そこが分からなかった。

　七郎が足をにじりながら、立ち位置を左にずらした。

　向かい合っていた男が、

「高弟のお一方(ひとかた)かと思いきや、江戸柳生の御曹司(おんぞうし)とは、我らは運が良い」

　すらりと太刀を抜き払った。

「雁谷自然流、師範代の間宮承治郎と申す。お手合わせを願いたい」

「何故柳生を狙う？」七郎も太刀を抜いた。「遺恨(いこん)か」

「それもある」

「何だ。申せ」

「腕一本斬り落としてからだ」

「何⁉」

　承治郎の足が地を蹴った。地表を滑るようにして踏み出された足は、土を噛(か)み、即座に跳ねた。身体に微塵(みじん)の揺れもぶれもなかった。回転する独楽(こま)を思わせた。澄み切っている。腕が違った。七郎が後手に回り始めた。

「駄目だ、危ない」

　十四郎が呟いた。

水木は火薬を詰めた竹筒に火縄を差し込むと火種を手にして、十四郎に合図を送った。

十四郎が頷いた。

水木の手から竹筒が放たれた。弧を描いて雁谷勢の頭上に飛び、爆発した。と同時に、七郎と承治郎が左右に離れた。

その瞬間を狙い、左手で刀の鯉口を切った十四郎が、輪の中に突進した。提灯を掲げていた門弟の一人が反応し掛けたが、十四郎が擦り抜ける方が速かった。

輪の中央に十四郎が立った。

承治郎の傍らに門弟の下郷と柿崎が駆け寄った。

遅れて、朝波右馬と周防茅野が進み出て来た。

「雁首が揃うたようだな」

十四郎は、提灯を手にした者どもをぐるりと見回すと、油断なく身構え、

「大凡のところは察しが付いた」と言った。「が、本当のところを知りたい。何が望みなのだ？」

「十四郎殿、此奴どもをご存じなのですか」

七郎が訊いた。

「覚えておろう、両角烏堂を。あの烏堂の縁者だと言うておる」

「まさか……」

烏堂に、故郷のことや縁者の有無を訊いたことがあった。天涯孤独だと言って寂しげに笑った時のことを、七郎ははっきりと覚えていた。

「信じられぬ」

「烏堂両角継之助様は、我らが師範の跡取りであった」

と間宮承治郎が、話し始めた。

「故あって雁谷自然流から離れられたが、師範の御子であることに変わりはない」

「だから仇討ちだと申すのか」

「それだけではない」

承治郎は、ゆるりと間合いを取ると、再び口を開いた。

「師の後を襲い、雁谷自然流を世に知らしむる剣士となっておられたであろうものを、継之助様をただの人斬りにしてしまった柳生。七星剣などとおだて上げ、敗れれば墓石一つ積まぬ柳生。権力に取り入り、ひたすら一族の栄達のみに腐心する柳生に鉄槌(てっつい)を下し、我が雁谷自然流の前にひれ伏させてくれる」

「己、言わせておけば」

歯噛みをし、青筋を浮き立たせた七郎の腕を、十四郎が抑えた。

今ここで立ち合えば、十中八九(じっちゅうはっく)は負けるだろう。どうしたらよいのか？

四天王と呼ばれている者が四方におり、その間を門弟どもが埋めているらしい。取り囲んだ輪に隙がなかった。

(逃げられぬか……)

望みは水木だった。水木が背後から門弟を襲い、その一点目掛けて七郎と供の者の三人で突破する。

「待て！」

輪の外から声が掛かった。聞き覚えのない、男の太い声だった。

輪の一角(いっかく)が解け、五十代と十代の父子と思える二人の男が、走り込んで来た。

「七郎殿は」と、年嵩(としかさ)の方が言った。「動くでない」

「兵(ひょう)……」

七郎の唇が小さく動いた。

聞き逃す十四郎ではなかった。手っ甲に脚絆。旅支度。汚れの具合までは見えなかったが、近間ではない。

(兵とは……尾張の柳生兵庫助殿か。すると、もう一方は御嫡男か……)

十四郎は、呼気を整えて、改めて父子と四囲に気を配った。

「其の方どもが」と男が言った。「江戸柳生に抱いた思い、分からぬでもない。だが、我ら尾張柳生に関わりはない。何故、襲うた?」

気圧されているのだろう、門弟どもが息を呑み、師範代の承治郎を見た。

「御三家の」と承治郎が言った。「柳生新陰流の指南役か、その高弟を倒せば、江戸柳生としては手を拱いている訳にはゆかず、必ずや我らと立ち合うことになる。そう踏んでのことであったが……申し訳ござらぬ」

十四郎の目の中で、兵庫助の背がふわりと遠退いた。呼気を止めるでなく、今目の前にいた時のまま、瞬時に間合いを詰め、太刀を繰り出したのだ。

(躱せぬ)

動きが読めなければ、太刀を躱すことは難しい。兵庫助の動きは、読み取れなかった。初めて見る動きだった。十四郎は目を見開いたまま、固まった。

だが、更なる衝撃が十四郎に奔った。頭を下げ掛けていた承治郎が、反射的に飛び込まれた分だけ、斜めに退いたのだ。

（躱した……）

ふっ、と兵庫助の唇が、開いて閉じた。それより速く、流れたと見えた兵庫助の孤剣が呼び戻され、斜め前にいた門弟の右腕を掠めた。門弟の腕に、糸を張り付けたような傷口が奔った。血玉がふつふつと生まれ、結び合い、腕を伝って落ちた。腕がくねっと曲がっている。腱だけでなく、骨も断ち斬っていた。

「斬っておいて」と兵庫助が言った。「許せ、はないであろう」

「売った喧嘩、買われるおつもりですな」

「儂らは買わぬ。斬られた腕の分を斬り返しただけだ」

「江戸は買われますな？」承治郎が訊いた。「勝てぬ勝負は買えぬ、とでもお思いですかな」

「七郎殿、挑発に乗るな」

兵庫助が、刀を納めながら言った。

「我らが申し出」と承治郎が言った。「受け入れぬとあらば、こちらにも考えがありますぞ」

「何だ？」

七郎の声が尖った。

「継之助様は日録を書いておられた。それには、柳生のことが度々記されていた。どのようなことを申し渡され、どこに赴いたとかな……」

「見え透いた話だ。信じぬ」

「信じてくれずとも結構。信じてくれる者に見せるだけの話ですからな」

「分かった。あるとしておこう」七郎が身を乗り出した。「して、どこにあるのだ？」

「師が持っておられる」

「実だな？」

「嘘を言うて何になる」

「では、師範の許に出向こう」

「儂と四天王を倒せたら、会わせよう」

「何！」

「我らには、腐敗堕落した柳生の剣を倒し、雁谷自然流の名を天下に轟かせるという大望がある。ご承知おき下され」

承治郎の鼻の脇に深い縦筋が刻まれた。

な？」

「雁谷とは」と十四郎が訊いた。「人の名ですかな、それともところの名ですかな？」

「ところの名でござる」

「雁谷に道場があり、師範もそこにおわすのですな？」

「そうだ」

「ならば、七郎殿と私が雁谷に参ろう。立ち合い、目録を貰いにな。その途次、四天王の方々と立ち合い、万一私たちが勝ったら、師範代のそなたと立ち合い、道場に行くというのはどうであろう？　こちらも立ち合うのは一人、そちらも一人というのは」

「面白い」

叫んだのは、朝波右馬だった。

「師範代、望むところではありませぬか」

「柳生兵庫助様は、お出でになりますか」

承治郎が訊いた。

「儂らは江戸柳生のなすことに興味はない」

兵庫助の声はひどく冷めていた。

「構えて、お出にならぬのですな?」

「行かぬ」

「度会、守屋、周防、どうだ、それでよいか」

四天王が、声を合わせた。

「ならば、槇殿の申し出、呑もう」

承治郎が言った。

「師範の御名を聞かせて貰えるかな?」

兵庫助が承治郎に言った。

「両角長月斎でござる」

「かなりのご高齢かと思われるが、お幾つになられるのであろうか」

「六十五歳になられる」

承治郎が七郎と十四郎に言った。

「と言うて、侮ると痛い目に遭われるぞ。まだ、この私が負けるのだからな」

それにしても、と承治郎が十四郎に目を留めた。

「そなたは柳生の前に倒しておく手筈であったのだ。久兵衛とともにな」

「久兵衛殿を襲うたのか」

承治郎が頷いた。

「強かったであろう」

「まんまと逃げられたわ」

十四郎が声に出して笑った。

「逃げてくれてよかったな。本気で立ち向かって来られたら、そなたらの人数は半分になっておるであろうよ」

度会と守屋が、横を向き、唾を吐き捨てた。

「其処許らの腕を見ていると」と、兵庫助が承治郎に言った。「長月斎殿の腕は分かる。野に置くは惜しいお方のようだ」

「師も喜びましょう」

承治郎が僅かに頭を下げた。

「七郎殿、何か言うておくことはないのか」

「されば」

と言って、七郎が口を開いた。

「そちらにも準備が要るであろうし、こちらにも片付けねばならぬことがある。どうであろう？　七日後に、江戸を発つということで承諾して貰えるであろうか。その代わり、道中で襲うも勝手。もし私を倒せば、柳生の嫡男を倒したと喧伝(けんでん)して回ってもよいぞ」

「我ら、この足で直(ただ)ちに雁谷に立ち帰る。もし何か姑息(こそく)な手を打てば、日録が物を言う。そのこと、お忘れなきよう」

「約定(やくじょう)は違(たが)えぬ。案ずるな」

「承知した」

「ところで」と十四郎が、承治郎に訊いた。「雁谷とは、どの辺りにあるのだ?」

　承治郎は兵庫助に深々と礼をすると、四天王と門弟どもを引き連れて、木立を後にした。七郎が、去ったと見せて門弟の誰かが潜んでおらぬか、調べて来るよう供の者に命じた。供の者が木立に消えた。

「私の見る限り、誰もおりませぬが」

　水木が、十四郎の脇に立って七郎に言った。七郎にとっては、それはどうでもよいことだったらしい。七郎は兵庫助の前に回り、口調を改めた。

「あの師範代と立ち合うて、私に勝ち目はございますか」

「余程のことがない限り、無理であろうな」

「十四郎殿は、どう見られた？」

「まず、勝てぬな」

「私もそう思う……」

七郎は、その場に膝を突くと、地に額(ひたい)を押し付けた。

「兵庫助殿、出立までの七日間で、あの師範代に勝てるよう鍛えて下さいませぬか」

新左衛門が驚いて父を見た。

「それ故」と兵庫助が七郎に尋ねた。「七日後と言うたのか」

「はい」

「道中、一人ずつ立ち合うと言うたのは？」

十四郎に訊いた。

「一人なら何とかなりましょうが、一度に二人来られると、私は居合ですので、躱し切れぬやもしれませぬ故」

「あれは」と七郎が、笑みを浮かべた。「上手(うま)く話を運んで下さった。助かりましたぞ」

「揃いも揃って、あの状況で勝つ道を探っておったとはな」

兵庫助が唇の端を僅かに歪めた。笑ったらしい。

「七日で」と新左衛門が言った。「勝てるようになれましょうか」

「一つ、あの師範代は七郎殿の腕を見切り、柳生には負けぬという自信を深めた。一つ、たとえ道中で二人が四天王に勝ったとて、気位が邪魔をして、師範代は立ち合いを見ないであろう。一つ、まさかこの七日間が稽古の日数だとは思うてもおらぬように見受けられた。あの者どもが慢心し続けてくれれば、稽古次第では勝てぬものでもないぞ」

十四郎も、七郎の脇に座った。

「私も、あの師範代に勝つ自信はございません。この七日間で、鍛え直していただきたくお願い申し上げます」

七郎も再度同様のことを口にした。

「承知した」

兵庫助が、言い放った。

「柳生の者が、あのような無名の者に負ける訳には参らぬ。新左衛門ともども稽古をつけてくれよう」

場所は、麻布日ガ窪の柳生家別邸の道場とした。

そこに籠もろうと言うのだ。

「それにしても」と七郎が、膝の汚れを払いながら言った。「ようここが分かりましたな？」

「このようなこともあろうかと、そなたに根の者を張り付けておったのだ」

根の者とは、尾張柳生の忍びだった。

「赤い火玉を打ち上げて、この木立の中だと知らせて来たのだ」

「気付かなかった。そのような者に尾けられていたとは」

「気付かれるような鍛え方はしておらぬ」

「では」と十四郎が訊いた。「雁谷の者どもにも？」

「勿論、跡を尾けさせておる」

兵庫助はあっさりと答えた後で、十四郎に訊いた。

「そなたは、どこの誰で、七郎殿とどのような関わりがあるのか、道々でよい、教えてくれぬかな。そこの女子のことも含めてな」

四

　その夜、柳生宗矩の命（めい）により、柳生の高弟たちが麻布日ガ窪の別邸に集められた。

　別邸の警護のためである。

「向こう七日間、猫の子一匹、屋敷に、特に道場に近付けるでない。分かったな」

　一組三名が交替で、昼夜の別なく見張ることとなった。

　道場で何が行なわれているのか、問うことは許されなかった。それぞれが持ち場に散った。時折、道場から床を踏む音や竹刀（しない）や木刀を打ち合わせる音が聞こえて来たことから、誰かが稽古をしていることは分かったが、それが誰なのか、何のためなのかは知らされなかった。稽古の響動（とよみ）は、夜が更けるまで続いた。夜半は一旦（いったん）熄（や）むが、短い仮寝の後再び始めるらしく、夜明け前には道場に音が響いていた。

　七郎と十四郎の稽古の初日は、兵庫助の、

「素振り五百回」

の声から始まった。兵庫助が見守る中、新左衛門から二人に鋼の棒が渡された。太刀の三倍の重さがあった。

「渾身の力を込めて素振りをし、三百回になったら、教えよ」

言い終えると兵庫助は、瞑目した。

鋼の棒はいかにも重かった。続けていくうちに、額から汗が噴き出し、顔を、首を、背を濡らした。腕が張った。丸太のように重くなっている。続けた。柄を握る指が解けそうになった。握力が下がっているのだ。雑巾を引き絞るようにして柄を握り、なおも振り続けた。

「三百回、終わりました」

七郎が言った。

「よし」

兵庫助が七郎に、好きなところに打ち込んで来るよう言った。

「よろしいのですか」

「構わぬ。そなたの腕では当たらぬ。いらぬ心配はするな」

七郎の鋼の棒が、兵庫助目掛けて振り下ろされた。兵庫助は七郎の脇を掻い潜って躱すと、ひょいと手を伸ばし、鋼の棒をもぎ取った。

次いで三百回に達した十四郎にも、兵庫助は打ち込んで来るよう言った。脇に注意を払い、しっかりと固めて打ち込んだのだが、七郎同様に棒を奪われてしまった。

「二人とも、後二百回続けよ」

噴き出した汗が目に入り、沁みた。鋼の重さに腕が萎え、腰が振られ始めた。

「駄目だ。後百回」

咽喉が渇き、頭の中が霞んだ。腕が己のものではないような気がした。だが、振った。続けて振った。

「よし、そこまで。床に座れ」

倒れるようにして腰を下ろすと、新左衛門が湯冷ましを注いだ椀を持って来た。

「飲むがよい」

兵庫助が言った。

椀を取ろうとしたが、腕が震え、椀から湯冷ましが零れ散った。

「素振りは基本だ。これから毎日、朝の稽古の前に三百回でよい、素振りをしておくようにいたせ。そなたらの剣は、見たところ常の者の腕を遥かに超えている。そこに油断があったことを知るがよい。腕の力が衰えていた。それが雁谷の速度の前で、危うく不覚を取りそうになった因の一つだ」

腕を揉みほぐし、震えも収まったところで、新左衛門と立ち合うように、と兵庫助が言った。新左衛門がゆるりと立ち上がった。

「十四郎殿、一本勝負を始めましょう」

蟇肌竹刀が用意された。軽い。綿の棒を摑んだような感触だった。

「どうです。動きやすいでしょう」

素振り五百回を経験している者の言葉だった。

「実に」

「参ります」

十四郎は竹刀を腰の位置で握り、抜刀流の構えを取った。

間合いを見切り、竹刀を繰り出した。十四郎の竹刀が新左衛門の腕を捕らえようとした時、思わぬ速さで新左衛門の竹刀が返り、胴を取られてしまった。

「隙に気付いて、少し喜んでしまいましたな」と新左衛門が言った。「喜ぶのは、悪しゅうございます」

七郎が立ち上がり、竹刀を構えた。

二合打ち合った後、小手を取られて竹刀を落とした。

「まだ続けますかな？」

新左衛門が、竹刀を振り下ろし、空を斬った。鋭い風音が立った。十四郎と七郎が同時に立ち上がった。


兵庫助は、屋敷の居室に招かれ、茶を啜っていた。

「どうであろうな、様子は？」

江戸柳生当主の宗矩が訊いた。

「まだ初日でございます故、何とも」

「儂としたことが、ちと焦り過ぎかの」

「左様でございますな」

昨日の夜更けに今日と、宗矩は続けて日ガ窪を訪れていた。

「柳生は、負けてはならぬのだ」

「心得ております」

「勝つ。それも、出来得るならば小細工なしでな」

「日数に限りはございますが、とにかく鍛えてみましょう。七郎殿一人でなく、あの十四郎なる者がおりますので、意外な伸びを見せてくれるやもしれませぬ」

「頼むぞ」

「万が一の時は、某（それがし）が息（そく）とともに夜襲をかけてでも皆殺しにいたしまする故、江戸柳生は何も変わりませぬ。叔父上はご案じ下さいますな」

兵庫助が小声で言い放った。

「……済まぬな」

「何を仰せられます。五百石の尾張柳生が大手を振っていられるのも江戸柳生あってのことでございます。柳生は天下第一の剣でなければなりませぬ。将軍家に選ばれし唯一の剣なのでございますから。柳生が万一敗れることあらば、それは即ち（すなわち）将軍家の御威光をないがしろにする非道を認めることとなりましょう。雁谷自然流に仇なす気はいささかもございませぬが、これも御政道なれば」

「柳生の宿命よな。苦労をかける」

「我ら疾（と）うにこの道を行くと決めてござれば」

「……日録があると聞いたが、実であろうか」

刺客である七星剣に命じたのは、転封や改易に関わる要人の殺害だった。表沙汰にする訳にはゆかなかった。

「恐らく、目録などはないかと」

「そうであろうか」

「江戸柳生、すなわち七郎殿を呼び寄せる餌でございましょう」

「だとよいのだがな」

「所詮は田舎道場の浅知恵と存じますが、七郎殿らが立ち合うている隙に、根の者に忍び込ませ、調べを付けまするる」

「そうしてくれ」

宗矩は兵庫助に、茶の代わりを勧め、しかし、と言った。

「田舎道場にしては、腕が立つそうだな」

「それを倒すのもまた天下一の剣の役目でございます」

「七郎が倒してくれれば、何も言うことはないのだがな」

「しくじった時は、雁谷の騙し討ちに遭ったとして、片を付けるまでのことです」

「尾張がおって心強いぞ」

「お言葉、ありがたく頂戴いたしまするが、とにかく、この七日間の稽古の仕上がり具合を待ちましょう」

「頼んだぞ」

「あの二人には、余人にはない天分がございます。どう化けるか楽しみにいたしております」

「化けられねば、死ぬか」

宗矩が、兵庫助を見て、ぽつりと言葉を零した。


兵庫助が、道場の板壁に水で濡らした紙を貼り付けた。

「新左衛門」

呼ばれた新左衛門は、紙の前に立ち、刀を抜いた。正眼に構えた後、一歩踏み込んで垂直に斬り下ろした。

兵庫助が紙を端からめくった。紙は半分に切れていた。しかも、板壁を傷付けていない。

「この紙一枚の見切りが出来るまで、それぞれ稽古をいたせ」

七郎が板壁に紙を貼っている。

十四郎は、七郎と離れた板壁に向かい、紙を水に漬けた。

寸を見切ったのは十代の終わり頃だった。五分を見切るようになったのは、二十代の始め頃だった。五分を見切れば、もうそれでよいと思っていた。慢心していたのか。十四郎は、己の心の在り様を考えながら紙を水から引き上げ、板壁に貼り付けた。

紙に厚さは感じられなかった。

（斬れるのか）

新左衛門がにわかに大きく見えた。軽々と斬っていた。

刀を差し、腰を割り、構えた。

七郎が舌を鳴らした。失敗したのだろう。

目を閉じた。天地にあるは我一人。心を静めた。目を見開いた。息を詰め、太刀を鞘から滑り出させた。

紙とともに板壁を僅かに削っていた。

「惜しいですな」

新左衛門が板壁を覗き込むようにして言った。

二本目は、紙に触れなかった。

三本目は、板壁をざっくりと斬ってしまった。

七郎の方に行き、見ていてもよいか、訊いた。七郎は頷くと、正眼から刀を振り下ろした。切っ先が板壁を浅く傷付けた。

「十四郎殿、その昔、五分の見切りを見せていただきましたが、覚えておられますか」

九年前になる。柳生屋敷で、七郎に折り畳んだ懐紙(かいし)を銜(くわ)えさせ、唇から五分のところで切り落としたことがあった。七郎は瞼(まぶた)を毛程も動かさずに、十四郎の目を見据えていた。

「申し訳ございませぬが、今一度五分の見切りを見せていただけませぬか」

「…………」

「駄目ですか」

「済まぬな」

「…………」

「今の私は、五分どころか寸も見切れぬかもしれぬのだ」

七郎が、驚いたように顔を上げた。

「実は、私も五分が見切れなくなっているのです」

そなたもか。十四郎の頬が微かに緩んだ。

「参ったな」

「参りました」

その日は、板壁と睨み合っている間に夜が更けてしまった。

紙を切れないまま二日目を迎えた。

朝の素振りをし、紙一枚の見切りの稽古をしていると、水木が道場に現われた。

「厳重な警護でございました」

「よう通してくれたな」

「殿から但馬守様に手を回していただいたのです」

そうまでして……。何の用があったのか、尋ねた。

「あるお方を案内して参りました」

「どなたであろう?」

「こちらへ」

水木が、道場へと続く廊下に戻り、声を掛けている。男が入って来た。山の者のような身形をしていた。

「これは……」

「久しいの」

樋沼潔斎だった。二年前に、駿府で大納言忠長卿の御前で立ち合った時以来になる。

「潔斎殿をも襲うた、と雁谷の者どもが言うておりました。お怪我などは？」

「いや、大事ない」

「樋沼様は、十四郎様に雁谷のことをお知らせするべく、江戸へお越しになったそうにございます」

「それは、ありがたい」

「急いで来ようと思うたのだが、そなたも存じておる、駿府の妙立寺の尼殿のことが気になってな、遠回りしたので遅くなってしもうた。襲われたのは……」

潔斎が日付と場所と状況を口にした。

「一番最初のようですな」十四郎が言った。「師範代と四天王が二人と、後は門弟でしょう」

「えらく手強かった。この通り、どこも斬られなんだが、危なかったわ。脚絆に鋼を忍ばせておいて助かった」

「師範代と立ち合うたのですかな?」

兵庫助が加わった。

「どのような構えでしたか、教えていただけませぬか」

囲まれ、鉈を投げて脱出しようとしていた時に絡んだだけなので、どう構えたかを話すことは出来ないが、と前置きし、

「倒れながらでも剣を繰り出す、身体の柔らかさがありましたな」

と間宮承治郎について話していたが、ふと兵庫助に視線を合わせ、但馬守様でございますか、と訊いた。

「お人違いでござる」

「尋常な腕ではないとお見受けいたしましたが」

「それ程の者ではございませぬが、柳生新陰流を少々……」

「では、東海道は三州(三河国)よりも西の方で?」

「確かに西ですな」

「ここでお会いしたことは、言わぬ方がよいのでしょうな。いろいろと、御家の事情もございましょうし」

「そこまで分かっておられるとは、恐れ入りますな」

兵庫助が改めて潔斎を見詰めた。

「そう言うお手前も大した腕のようですな」

「一手ご指南を願えましょうか」

「指南はいたさぬことに」

「それは困りましたな」

「しかし、稽古ならば構わぬでしょう」

「願ってもないこと」

蟇肌竹刀を渡された二人が、左右に分かれた。

潔斎は正眼に構え、兵庫助は蟇肌竹刀をだらりと下げ、無形の位を取った。

三合程斬り結んだ後、鍔迫り合いとなった。互いの隙間は三寸余。相手をどう突き飛ばして間合いを得るかが、勝負の分かれ目になろうとしていた。

（《雷》……）

十四郎は、この体勢から一尺八寸（約五十五センチメートル）の脇差を引き抜かれ、肩を打たれていた。あれから二年、まだ破る工夫がつかないでいる。潔斎の左手が柄から離れ、脇差にかかった。鞘ごと引き抜かれた脇差が、三寸の間合いを駆け上り、頭上で翻(ひるがえ)った。

兵庫助に逃げ道はない筈だった。

柳生新陰流の道統を継いだ男が敗れるのか。その時十四郎は、兵庫助の身体がふわりと横に流れるのを見た。潔斎が左手を振り上げると同時に、嚙み合わせた竹刀よりも速く、身体を左に回したのだ。《雷》が落ちる場所を求め、後を追った。既に潔斎の勝機は去っていた。兵庫助の竹刀が胴に入っていた。

潔斎が膝を突き、声を絞り出した。

「……参りました」

父を斬り、己を打ち据えた剣が、今、目の前で敗れた。自らの剣で打ち破ろうと思っていたが、工夫が届かずにいる間に、柳生の剣が僅かに身を躱すだけで破ってしまったのだ。

愕然(がくぜん)とした。

十五の時から追い求めていたものが、こんなにも脆(もろ)いものだと気付かずに生きて来た己が、滑稽(こっけい)ですらあった。心に穴が空き、うそ寒い風が吹き抜けてゆくような気がした。

水木の手が十四郎の手の上に伸び、温かな掌がそっと置かれた。

「十四郎殿」潔斎が、十四郎の前で膝を突いた。「負けてしまった。完敗であった」

潔斎は、髪に指を入れると、二度三度と掻き上げ、

「決めた」と言った。「私は、剣を捨てる。二度と持たぬ」

「これから、どうするのですか」

「山の者として生きようと思う。一人きりでな」

「そんな……」

「人恋しくなったら、妙立寺の庵主様のところに行く。いつかはそうなるだろうと思うて、お許しは貰っていたのだ」

これで肩の荷が下りた、と潔斎が、白い歯を見せた。

「負け時であったのであろうな。無名で終わることになったが、其処許にも会えたし、柳生様とも立ち合えた。悔いはないわ」

「潔斎殿」

兵庫助が七郎とともに歩み寄って来た。潔斎が立ち上がった。

「流石、柳生の剣でございますな。我流の剣に有り勝ちな、無駄な動きがまったくございませんでした。若ければ、入門して一から叩き直していただきたく思いました」

（……そこのところだったのかもしれぬな）と十四郎は思った。（継之助が烏堂になった原因（もと）は）

江戸を去る潔斎を、水木が見送った。

「いつか十四郎殿と二人で駿府に来られい。庵主様に居場所を教えておくでな」

潔斎ではなく、久兵衛の顔になっていた。

その日、十四郎と七郎は、紙を切ることに刻（とき）を費（つい）やした。

二日目が終わった。

三日目になった。

腕は張ったが、五百回の素振りで握力が落ちることはなくなった。

この日から、更に重い鋼の棒を頭上で回す稽古が始まった。棒が回る方へと身体が振られそうになるのを、足を踏ん張って堪（こら）えた。

昼まで思い思いの稽古をしているよう兵庫助に言われたので、十四郎は水木に稽古の相手を頼んだ。水木は、利勝に言われ、この日も稽古の進み具合を見に来ていたのだった。

「私でよろしいのですか」

水木が、七郎と兵庫助と新左衛門の顔を見回した。

「小太刀を教えてほしいのだ」

「よろしゅうございますが」

「では、頼む」

十四郎と水木は小太刀用の竹刀を手にして道場の隅に移った。七郎は新左衛門に受け太刀を頼んでいる。

「小太刀を手にして腕を伸ばして下さい」

水木は十四郎の肘(ひじ)に手を当て、真っ直ぐに伸ばさせると、

「それでも、短く感じますでしょう」

と言った。

「不安はありませんか。これで相手に届くのか、と。でも……」

水木は横に並ぶと、並の長さの竹刀を手にして正眼に構えた。

「同じ長さでしょう。どうです？」

二人の切っ先が横に並んだ。

「成程(なるほど)」

「違うのは、こうした時です」

水木も竹刀を持つ手を伸ばして見せた。長さに差がはっきりと現われた。

「この差を心得ておけばよいのです。ちょっと立ち合ってみましょう」

再び小太刀用の竹刀を手にし、正面に向き合うと、水木は一旦すっ、と足を引いた。間合いが空いた。竹刀の刃の部分が短い。間合いを詰めようと足を出した瞬間、水木が踏み込んで来た。片手で受け、腕と上半身を一杯に伸ばし、竹刀を繰り出した。

水木が身体を回転させながら躱した。追った。水木が逆に攻勢に回った。躱す間もなく、小太刀が伸びて来る。受けて躱していたのでは間に合わない。

「身体で躱す」

水木が叫びながら竹刀を振った。

「太刀筋を見て、半身になったり、飛ぶなり、転がるなりする」

突きが来た。

独楽（こま）のように身体を回転させて竹刀を遣（や）り過ごし、腕の回転で水木の胴を取った。

「まだまだ」

一本取った十四郎が叫んだ。

左右に散り、再び斬り結んだ。小太刀同士で間合いも狭いので、手数が増えた。斬り掛かった太刀を直ぐに返さなければ、一本取られてしまう。太刀も短く軽いので、直ぐに返せる。十四郎が躱そうとしたところを水木に潜られ、小手を取られた。

「よし、三本目だ」

十四郎は腰を割り、居合の体勢を取った。足指をにじり、間合いを詰めた。板壁が水木の背に迫った。水木の足裏が、板床を蹴った。打ち下ろす竹刀と斬り上げる竹刀が中空で交差した。竹刀が跳ね、水木が二の腕を押さえた。

「流石、十四郎様です。参り……」

水木は、続く言葉を呑み込んで、十四郎が口を開くのを待った。

十四郎は、太刀筋をなぞるようにして小太刀を繰り出していた。

「速い」

と言うと、再び小太刀で虚空を斬り裂いた。

「水木殿、礼を申す。少し分かり掛けた」

「それは、ようございました……」

十四郎は、諸肌を脱ぐと、道場の隅に立て掛けてあった鋼の棒を持ち上げ、頭上に振り上げた。

「これだ。これが勝つ早道なのだ」

十四郎は、昼になるまで振り続けた。

昼に握り飯を食べると、板壁の前に正座した。

濡らして貼っておいた紙が、乾いたまま貼り付いていた。下から半分程剝がしてから、ゆるりと片膝を立て、小太刀を抜いた。紙が微かに膨らんで見えた。その瞬間を捉え、無造作に斬り下ろした。紙がはらりと散った。

「出来たではないですか」

七郎が叫んだ。

「まだだ。貼ったものではないからな。しかし、見えた」

「見えましたか」

「紙一枚と思うから切れないのだ。もっと厚いものだと思うて斬ってみよ。必ず斬れる筈だ」

「やってみましょう」

七郎も板壁の前に座った。

十四郎は大刀を差し、居合腰になった。貼り付けた紙から水が流れ落ちている。

「鋭！」

鞘を滑り出た白刃が、一閃した後、鞘に納まった。紙だけ切れていた。

程無くして、七郎も紙だけ切ることに成功した。

一度出来ると、正確に間合いを読める二人である。二度としくじることは無かった。

「僅か中二日で切るとは、驚いたな」

兵庫助と新左衛門が、目を見合わせた。

水木は、十四郎の動きを瞬きもせずに見詰めていたが、微かに頷くと、道場を後にした。

その夜、十四郎は抜き身の小太刀と大刀を振り続けた。

四日目が明けた。

素振りを終えた十四郎が、七郎に小太刀を勧めた。

「小太刀は刃の長さが短い分、より踏み込まねばならぬ。私たちは、なまじ腕が立ったので、小手先の技で勝つことが身に付いてしまっていた。小太刀を遣うと、十分な踏み込みだとか、腕の振りだとか、基本に立ち返らねばならなくなる。これは、よい鍛練になるぞ」

七郎が、素直に頷いている。

「昨日から試しているのだが、確信を持ったので勧める。きっと何かが見える筈だ」

「かたじけない」

七郎が小太刀用の竹刀を手にして、軽く振りをくれた。

「最初は間合いを取って、ゆっくりゆくぞ」

二人は、徐々に間合いを詰めて行った。十四郎の足がすっ、と板床を嘗め、間合いを消した。

双方の小太刀が噛み合った。

「分からぬ」と兵庫助が、新左衛門に言った。「あの十四郎という者は何者なのだ」

「七郎殿が、倒そうと躍起になっている者だと聞いておりますが」

「儂もそのように聞いている。ならば、何故七郎殿に教えるのだ」

兵庫助が、珍しく苛立たしげな声を出した。

「七郎殿を強くして喜んでおるではないか」

「そう考えれば妙な男ですが、此度のことを切り抜けるには七郎殿が必要だからではありませぬか」

「それだけとは思えぬのだ」兵庫助が首を捻ってみせた。「七郎殿を強くすることで、己は更にその上を行こうとしているのではないだろうか」

「まさか、考え過ぎではございませぬか」

「己も気付かずに、しているのやもしれぬぞ。ならば……」

奴は天性の剣客だ、と言おうとして、兵庫助は口を噤んだ。

七郎の小太刀が、十四郎の小手を叩いた。

「もう一本だ」

十四郎が言った。

「分かったか」

兵庫助が新左衛門に訊いた。

「十四郎殿は、毛先程ですが躱す呼吸を遅らせましたな」

「お蔭で七郎殿は、自信を持ったわ」

十四郎が二本、七郎が一本取って小太刀を終えると、二人は昼まで鋼の棒を振り続けた。

午後の稽古を始める前に、十四郎が兵庫助に、新左衛門と立ち合ってもよいかと訊いた。

「この数日の稽古の成果を知りたいのですが」

許した。

蟇肌竹刀の大小を腰に、十四郎は居合の形を取った。

「参る」

新左衛門が竹刀を抜き、正眼に構えた。切っ先に乱れがない。澄み切っていた。

十四郎は居合腰のまま、凝っと相手を見据えた。音が絶えた。道場が、静けさの底に沈んだ。新左衛門の切っ先が、ピクリと微かに動いた。

（焦れ始めている……）

刀を抜き構えているか、腰間にあり鞘に納めているかでは、疲れ方が違う。

更に数瞬が過ぎた。新左衛門の切っ先が、僅かに伸びて来た。新左衛門の足指が板床を噛んだ。踵が上がった。十四郎は竹刀の柄を摑み、引き抜き様に新左衛門に投げ付けた。居合が初太刀で大刀を投げるとは、思いもしなかったのだろう。新左衛門が、危うく躱した。と思った時には、脇差が懐を斬り上げていた。

「見事だ」と兵庫助が言った。「よう、そこまで腕を上げたな」

「私も立ち合いを願いたいのだが」

七郎も、新左衛門と竹刀を交えた。一本目は相打ちになり、二本目で決着が付いた。

動揺を衝いての勝利だったが、勝ちに変わりはない。新左衛門の落胆した表情が、十四郎の胸に痛みを覚えさせたが、心を閉ざした。

「さすれば」と七郎が、にわかに意気込んで言った。「十四郎殿、ものは序でと申します。一手ご指南を願えますかな？」

「それでこそ七郎殿よ。踏み迷っている時のそなたは、面白くもないわ」

「ここ暫くの気晴らし故、遠慮はいたしませぬぞ」

「口数が増えたの」

「参る」

「参れ」

互いに相手の胸許に飛び込んだ。抜き払った竹刀が嚙み合った。離れ際に七郎が脇差で斬り付けた。十四郎も脇差で受け、防いだ。互いが両の手に竹刀を握っている。

「柳生に、二刀流はないぞ」

十四郎が言った。

「槇抜刀流にもないであろうが」

七郎が言い返した。

「型など構わぬ」十四郎が大刀を突き立てながら言った。「構えたいように構えればよいのだ」

「動きたいように動く」

七郎が、十四郎の大刀を脇差で撥(は)ね上げ、胴に狙い澄ました一刀を打ち付けた。間合い五分で躱しながら十四郎が叫んだ。

「間合いに縛られるな。間合いは変わる。己に縛られるな。己は変わる。相手に縛られるな。相手は変わる。当意即妙。機転だ」

十四郎の手から脇差が放たれた。七郎の脇差が水平に動き、十四郎の脇差を叩き落とした。

「さすれば」と、七郎が大声を発した。「己を超える神妙の剣となろう」

「勝てる」

十四郎が言った。

「勝ってみせるわ」

七郎が言った。

兵庫助が肩を並べている新左衛門に、どうだ？　と訊いた。

「もう一度立ち合うてみるか」

「いいえ」新左衛門が答えた。「もう勝てぬでしょう」

「そなたの腕は優れたものだ。儂がよう知っている。だが、そこまでなのだ。あの者らは違った。切羽詰まった時には、己の力以上のものが出せる体質なのだ。もう二、三年経つと、儂でも敵わなくなるかもしれぬぞ」

兵庫助は新左衛門の膝をポンと叩くと立ち上がり、

「止めい。十分だ」

間に割って入った。

五日、六日の二日間は雁谷自然流の太刀筋を話し合い、合間に初日からの稽古をさらい、七日目となった。

十四郎が頭を剃り、七郎は髷を結い直した。

水木と百舌が供に付き、麻布日ガ窪を出立し、千住に向かった。奥州街道を行き、宇都宮で日光街道に入る。雁谷自然流の言った道筋だった。

第三章　決闘・四天王

一

江戸を発(た)って二日目の朝になる。間もなく下総国古河(こが)だった。

古河は江戸から十六里（約六十二キロメートル）のところにあった。宇都宮までは、残り十一里と十六町（約四十五キロメートル）。日のあるうちに着ける距離だった。奥州街道と日光街道が宿場を兼ねているのは宇都宮までで、十四郎らは、そこからは日光街道を行くことになる。

「現われませぬな」

先頭を行く百舌が、振り返って一行に言った。

十四郎と七郎が並び、後から水木がついて来る。

「突然襲うて来ることは、ないのでしょうか」

水木が訊いた。

「そうしたいのかもしれぬが」十四郎が答えた。「気位が邪魔をして、あの者どもには出来ぬであろうよ」

上山で朝波右馬と周防茅野らに挑まれた前夜、十四郎がいるかいないかを調べに、近くまで来ていた。だが、いると知りながら、襲おうとはせずに、夜の明けるのを待っていた。

「それもまた、難儀なものでございますな」

ほっとしたのか、百舌が軽口を叩いている間に古河の町に入った。

「賑やかだな」

他人事のように見ていた十四郎だったが、翌寛永十年（一六三三）の四月に、伯父の土井利勝が下総国佐倉から、この古河の地に転封されようとは、夢にも思っていなかった。

転封は、利勝に落ち度があった訳ではなかった。現将軍である家光にしてみれば、祖父家康の代から権勢の中枢にいた、亡き父親よりも年上の男は目障りだったのだ。一万八千石加増し、敬して遠ざけたのである。また、遠ざけても大事ない程に、松平伊豆守ら側近の者が力をつけたためでもあった。

古河を越え、野木、間々田、小山と距離を稼いだ。そして新田を過ぎた辺りで、百舌がすっ、と間を空け、走り出した。

「気付かぬ振りをしてご覧下さい」

背に貼り付くように寄った水木が、十四郎に小声で言った。

「右手に小さな丘がございます。その麓近くに枝を伸ばした巨木が見えますが、お分かりになられますか」

「分かるぞ」

「下草に隠れ、我らの様子を見ている者がございました」

「雁谷の者か」

耳聡く聞き付けた七郎が、訊いた。

「今百舌が調べに走っておりますれば、暫くこのままお進み下さい」

「承知した」七郎は水木に答えてから、十四郎に言った。「もし四天王でしたら、最初の一人は私にお譲り下さい」

「どうしたのだ？　鼻息が荒いぞ」

「刀を抜きたくて、うずうずしているのです」

「分かった。任せよう」

二町（約二百十八メートル）程行く間に、百舌が戻って来た。

「見張りの門弟でございました。四天王らしき者は、どこにも」

百舌が頭を左右に振った。

「見張りがいるのだ。近くにいるぞ」

十四郎が言った。

「油断なく参りましょう」

水木がぐるりを見回した。


四天王の一人守屋玄之丞は、草に寝転び、空を見ていた。

街道脇の草叢（くさむら）だった。

時折風が渡り、一斉に草が揺れた。身を包んでいた草の香が、風に乗り、草原を駆け抜けて行った。

玄之丞は、己が生きて来た道を振り返っていた。

短いようで長く、長いようで短い来（こ）し方だった。

大坂の陣で豊臣方についたばかりに主家は滅び、それ以後父は浪々の身となってしまった。遠い縁者を頼り、仕官の道を求めたが、叶わずに父はこの世を去った。母も胸を患って死に、兄二人は侍を捨て、町人として生きているが、他の三人の姉妹は病を得て、やはり没してしまっていた。

十四歳の時に家族を捨て、守屋五一郎の名を捨て、玄之丞と名乗った。五と一で六。六番目の子であることを表した名は、名乗るのも呼ばれるのも嫌だった。玄之丞は、幼い時に通っていた道場主の名であった。

悪いこともした。野盗の真似をし、僅かの金子を得るために母子を殺めたこともあった。逃げた。逃げに逃げた果てに、雁谷の地に辿り着き、誰も見知った者がいないからと、弟子入りした。逃避行に疲れていたのだ。

——腰のものを預かりましょう。

言われた時には驚いた。迷った。しかし、他に行くあてもなかった。従った。

稽古着が渡された。粗末な薄い生地だったが、着心地はよかった。

——これからは、寝る時以外は、稽古着でいるように。起きている時は、いつも修行と考えて下さい。

稽古着で村に出た。別に見るべきところなどない、人が人として生き、暮らしているだけの村だった。だが、その者たちが、稽古着を見ると、にこやかに挨拶するのだ。新鮮な驚きだった。これまでに経験したことのない、爽快感があった。道場の者が力仕事などを手伝ってきたからだと知った時、自然に手伝うようになった。

土地の者には、玄之丞を縮めて玄さんと呼ばれた。

——玄さん、いい塩梅のお日和で。

——玄さん、今年は豊作だよ。

——玄さん……。

土地に馴染んだ。馴染むに従い、腕もぐんぐん上がり、四天王と呼ばれるようになった。

兄事して来る者もいた。だが、どんなに心が浮き立とうと、野盗をしていた時のことが脳裡を掠めた。命乞いをしている母子を斬った時の感触が甦った。心を開かぬと言われたこともあった。

この先、どれだけ生きられるのか、考えるようになったのは、まだ二十歳の頃だった。

それから七年。師範代から此度の一件を申し渡された時、迷いはなかった。

死ぬ時が来たのだ、と思った。

遠い国から来た、忘れていた便りのような気がした。

柳生も仇討（かたきう）ちも、どうでもよかった。気心の知れた連中と、行をともにしたかっただけだった。

そして籤（くじ）を引き、四天王の一番手になってしまった。

七日後に江戸を発つ、と柳生七郎は言った。

片付けねばならぬことがある、と。

己には片付けるものなど、何もなかった。身一つで生き、身一つで死んでゆく。それだけの人生だった。

草の原から背を起こし、座った。

誰ぞ見張りの者から、知らせが届いてもよい頃合だった。

待った。

足音が重なり、響いた。見張りのものではなかった。数も違えば、走り来る方角も違った。足音が近くで止まった。

「やい、もう逃がさないぞ」

一人の者を、何人かで取り囲むような気配がした。

棒で叩き、足で蹴っているのだろう。打擲する音が続いた。

「ごいち、死んで貰うぜ。文句はねえな？」

「ごいち？」

守屋は、覚えず口にし、立ち上がった。まだ十代と見える男が、血達磨になっていた。相手は六人いた。

「何だ、手前は？」

「ごいちというのか」

男に訊いた。男が怯えながら頷いた。

「何をやったのだ？」

「取り返しただけだ」

懐に掌を当てた。そこに納まる程の大きさのものなのだろう。金か銀の小粒だろうか。

「うるせえ、この餓鬼」

囲んでいた男の一人が、ごいちの肩を蹴った。

「ごいちとは、どう書くのだ？　五に一か」

「知らねえ。読み書きは駄目だ」

「そうか」

「何なんだよ」と、ごいちが叫んだ。「助けるのか助けねえのか、はっきりしろよ」

「お侍さん、痛い目に遭いたくなかったら、引き下がっていなせえ。誰も見ちゃいないんですからね」

「誰に言うておる、この馬鹿者どもが」

「何を！」

六人の男どもが、棒と短刀を手に一斉に襲い掛かった。

「秘太刀《臥龍梅》」

打ち込まれた棒を膝を突いて躱しながら、太刀を引き抜き、斬り上げたと見せては斬り下げ、瞬く間に六人の手足を跳ね飛ばした。

男たちは口々に絶叫を上げ、這う這うの体で逃げ去って行った。

「………」

腰を抜かしていたごいちが、つんのめるようにして駆け出した。

「五一は、もうおらんのだ……」

守屋玄之丞は丁寧に血振りをくれてから懐紙で拭うと、街道脇の石に腰を下ろし、見張りの知らせが届くのを待った。

街道がゆるりと曲がり、石橋宿(いしばししゅく)が見えなくなった。雀宮(すずめのみや)までが一里半余、宇都宮までは三里と十九町（約十四キロメートル）という道程だった。

「来ませぬな」

七郎が言った。七郎の声を聞き付けて百舌が振り返り、同じ言葉を発した。

「案ずるな」十四郎が、伸びをしながら言った。「来る時は、遠慮のう来る」

緩やかな勾配(こうばい)の坂道を上り、頂上に達した。

「少し休みましょうか」

水木が言った。

人の行き来のある町中は素通りし、人気(ひとけ)のないところで休む。戦う者の鉄則だった。近付いて来る者は、敵と直(す)ぐに知れた。

十四郎は前後を見渡した。成程(なるほど)、見通しが利(き)いた。

水木は木(こ)っ端(ぱ)に火薬を落として火を点(つ)けると、焼いた笹(ささ)の葉を竹筒に詰め、水を差してから火に掛けた。湯が沸けば、笹の葉茶が出来た。

「美味いな」竹筒で笹の葉茶を喫しながら、七郎が言った。「しかしな、俺は、茶ではなく、酒を竹筒で温めたものが好きなのだ」

「竹の香が移って、よいものでございますな」

百舌が話に乗った。

「酒には目がなくてな。何か変わった飲み方は知らぬか」

「芋酒は、ご存じですか。長芋を摺って酒で溶いて作るのですが」

「美味そうだな」

「これならば、柳生様のお口にも……」

「百舌」と水木が、小声で言った。有無を言わせぬ口調だった。「何かが動いた。見て参れ。坂の下り切った辺りだ」

「はっ」

返答よりも早く、百舌が藪の中に飛び込んだ。

「見えたのか」

十四郎が訊いた。十四郎の目では、坂下の辺りは霞んでしまっている。

「葉の動きに斑がございました」

「そうかの……」

目を凝(こ)らそうとした時、坂下の藪陰から男が現われ、街道の中央に立った。

「あれは、四天王か」

十四郎が二人に訊いた。

「遠くて、よう分かりませぬな」

七郎が答えた。

「肩に力が入っております。まずは、四天王に間違いないかと」

水木が、手早く火の始末をしながら言った。


七郎は坂道を下りながら下げ緒を取ると、襷掛(たすきが)けにした。

男は微動だにしない。彫像のように立ち尽くしている。

一足一刀(いっそくいっとう)の間合いを残して七郎が足を止めた。

「守屋玄之丞でござる」

「柳生七郎。お相手仕(つかまつ)る」

守屋が太刀(たち)を抜くのに合わせて、七郎も太刀を引き抜いた。

傾き始めた日が、双方の刀身に跳ねた。

十四郎と水木、そして藪から出て来た百舌が、街道の端に寄り、見守った。雁谷の門弟衆らしき者が三名、向かいの藪にいた。敵に加担すると見たら即座に飛び出せるよう、十四郎は太刀に左肘(ひじ)を当てた。腕を後ろに引けば、そのまま鞘(さや)を握る体勢になる。

守屋が左に回り始めた。日を背にしようとしているのだ。七郎が右に回って、守屋の足を止めた。

守屋の太刀が不意に沈んだ。片膝が地に着き、切っ先も地に着こうとしている。

「秘太刀《臥龍梅》」

じりと、七郎が間合いを詰めた。

守屋の太刀が、獲物を前にうずくまった。

水木が十四郎の左腕を摑(つか)んだ。百舌は息をするのを忘れている。

七郎が足指をにじり、更に間合いを詰めた。

横に伸びた影が、街道を横切り、藪にかかった。

水木の指に力が入った。百舌が大口を開けた。息はまだ止まっている。

七郎の体が沈み、二人が似たような姿勢となった。

「《臥龍梅》、甘く見るでないわ」

守屋の切っ先が鎌首をもたげて、前に飛んだ。剣尖三寸で払い、七郎が突きを入れた。

躱した守屋が低い位置から逆袈裟を放った。太刀で受け、七郎が宙に飛んだ。

「我慢出来ぬか」

守屋が得たりと斬り上げた。七郎の太刀が手を離れ、守屋に飛んだ。難無く撥ね除けた守屋の目の前に、舞い下りた七郎がいた。

「うぬっ」

振りかぶった守屋の胴を、七郎の脇差が横一文字に払った。臓物が弾き出され、地に落ち、血潮が続いた。

「終わった」

と守屋が呟いた。

「私の旅は、これで終わった。長かった……」

守屋が何を言おうとしたのか、七郎には分からなかった。また知ろうともしなかった。

斬った者に心を寄せるな。宗矩の教えだった。

「槇様」

と百舌が、十四郎に言った。

「柳生様の動きですが、槇様に似てきませぬか」

「そうかな」

「そんな気がいたします。よく分かりませぬが」

七郎が、太刀を納めて戻って来た。雁谷の門弟が、亡骸を街道の脇に寄せている。

一手仕損じれば、骸となったのは七郎であったのだ。

十四郎らは押し黙ったまま、街道を先に急いだ。

二

宇都宮の旅籠に泊まり、日光街道の今市に向かった。今市は会津方面の産物を江戸に運ぶ輸送の要の地であるだけに、宿場の至るところで小さな市が立っていた。

祭りのような賑わいを見せる今市を抜け、会津西街道に入り、その日は藤原で宿を取った。

　ここまで一人しか襲って来なかったことからして、会津西街道で二人か三人が襲い掛かってくるだろう。忍びではなく、奇襲をかける者どもではないので、夜の警戒までは必要ないかとも思われたが、警戒するに越したことはなかった。日暮れ前には宿に入ることにした。

　藤原を過ぎると樹影が濃くなり、山に分け入るような心持ちになった。

　高原峠(たかはらとうげ)を越え、五十里(いかり)を過ぎ、下総国と陸奥国(むつのくに)の国境(くにざかい)である山王峠(さんのうとうげ)に差し掛かった。

　散り重なった落葉が厚く敷かれ、踏み下ろした草鞋(わらじ)が沈んだ。鍛えた身体である。それぞれが飛ぶように歩いた。

　半刻(はんとき)（約一時間）が経(た)った。少し休もうか。先頭の百舌が、止まろうとした時、背後から来る七郎が、うっ、と唸(うな)って右目を押さえた。

「どうなさいました？」

「分からぬ。が、ひどく痛む」

　百舌が七郎の手をどかせ、目を見た。

「塵芥(ごみ)でございましょう。擦(こす)らないようにしていて下さい」

百舌は木立(こだち)を見回すと、藪をしごいて入り込んで行った。程無くして、野葡萄(のぶどう)の蔓(つる)を手に戻って来た。両方の端を親指で押さえている。

「槇様、柳生様の目を開けて下さい」

十四郎が瞼(まぶた)を上下に引いた。

「そのまま」

と言って、百舌が蔓の一方を七郎の目尻に当て、もう一方を口に銜(くわ)え、勢いよく吹いた。

蔓の中の汁が飛び出し、目に刺さっていた小さな塵芥を流し出した。

「どうでございます?」

七郎は瞼を開け閉めし、痛まぬ、と言った。

「助かった。礼を申すぞ」

「どういたしまして」百舌は得意げに鼻を鳴らすと、序(つい)でに、と言って水木を見た。「少し休みますか」

水木が、腰に下げていた竹筒を十四郎に渡した。笹の葉茶が入っている。

十四郎は既に己の分を飲んでしまっていた。

「そなたは?」

「私は飲まなくても大丈夫ですから」

「済まぬな。一口だけ貰おう」

口に溜め、咽喉に少しずつ流し込んだ。


朝波右馬は、守屋玄之丞が柳生七郎に敗れたという知らせを、山王峠の下りにある六地蔵の傍らで聞いた。

あの守屋が、と暫くの間瞑目した。

守屋について、印象に残っているのは、芯の暗さだった。

何が奴を暗くさせているのかは、何も話そうとしない守屋から聞き出すことは出来なかったが、何か負い目のようなものを背負い込んでいることは分かった。

それは己にも言えた。だから、敢えて聞かなかったのだ。

(同じよ、皆……)

朝波家の主家は、関ケ原の合戦では徳川家康率いる東軍に属していた。そこそこの活躍をしたのだが、継嗣が突然の病で死に、慌てて迎えた養子も死んだために、改易させられてしまったのだった。

父には新たな生き方を模索する才覚はなく、浪人暮らしから抜け出すことは出来なかった。右馬は、慶長十二年（一六〇七）、赤貧に喘いでいた朝波家の嫡男に生まれた。

必ず世に出て朝波の家名を、と望んでいた父と母が死に、一人になった右馬は博打場の用心棒になった。相手は武家ではなく、馬喰や駕籠舁きなど荒っぽい者ばかりだった。足腰が立たなくなるまで棍棒で殴り倒すような日々が続き、喧嘩の腕はめきめきと上達した。

その男と出会ったのは、そんな時だった。男の太刀筋は鋭かった。手も足も出せずに、斬られていた。傷の回復を待って、弟分になりたいと持ち掛け、騙し討ちにしたが、ために土地にいられなくなってしまった。それから雁谷に着くまでに、己と似た境遇の者を四、五人は殺めていた。恐らく殺さなければ、逆に己が殺されていただろう。

雁谷自然流の道場に入門したのは、そこが別天地に見えたからだった。門弟たちが稽古着姿で村を歩き、気儘に振る舞っていた。俺にはあんな暮らしなど出来ぬと、常ならば逆に唾を吐き掛けていただろう。だが、その時には、それが出来なかった。門を叩いた。

しかし、仲間には入れなかった。友と呼べる者も出来なかった。必要なかった。そんな者はいなくとも、どうでもよかった。

――ひどい我流だが、筋はよい。もしやすると、剣で名を遺す者になれるかもしれぬぞ。

師範代の言葉にすがり、ひたすら稽古に励んだ。師範代は求めれば、いつでもどこでも稽古に応じてくれた。手の豆が破れ、竹刀（しない）の持てない時は、どうするか。打ち身を早く治すにはどうするか。己の経験を話し、剣がどれ程素晴らしいかを熱っぽく語ってくれた。初めてだった。俺は人として扱われているのだと思った。夜、涙で布団を濡（ぬ）らした。

瞬く間に腕は上がった。師範と師範代、そして周防茅野以外の者には、殆（ほとん）ど負けないようになった。茅野の剣は奇妙に撓（しな）った。それが、己の剣とは相容（あいい）れなかった。

――守屋には一本も取らせぬが、茅野には勝てぬ。その茅野は守屋に勝てぬ。どうなっておるのだ？

と師範代が首を捻（ひね）っていたが、相性というものが、剣にもあるのだと思う。

そんな己にも、嫁女（よめじょ）になりたいという女子（おなご）が現われた。雁谷に来て七年、師範の意向で世間に雁谷自然流を広めようと旅に出て半年余が経った頃だった。用心棒として雇われたお店の娘だった。

主人からは、刀を捨てれば婚礼を許すと言われた。諦めろと言われたのと同じだった。刀を捨てる気など、さらさらなかった。

女は死のうと言った。死んで添い遂げようと。目が澄んでいた。疑うことを知らぬ目だった。このまま死ねたら、この娘は幸せだろうと思った。死なせてやりたい。そう思った。

死のう。娘に家を捨てさせた。逃げた。西に逃げ、金子が尽きるまで暮らし、尽きたところで殺し、己だけ雁谷に舞い戻った。四天王として、師範代とともに闘うためだった。

誇れた生き方など、何一つして来なかった。

屑と言ってもいいだろう。

だが、師範代には惚れた。

（あの人のためなら、死ねる）

そう思った。

六地蔵に、野の花を手向けた。

殺した女のためであり、守屋のためでもあった。

守屋の姿が瞼に甦った。廊下の端に身体を擦り寄せるようにして立ち、居合(いあい)の稽古をしていた。何をしているのかと尋ねると、槙は居合だ、稽古をしておけば、咄嗟(とっさ)の時もうろたえずに済む、と答えた。剣を真上に振り上げては、抜いていた。

何かが、朝波の心の中でコトリと揺れた。

立ち合う順に取り決めは無かったが、守屋を倒したのが柳生となれば、次は槙十四郎が相手として出て来るのではないか。

槙だとするならば――。

四囲(しい)を見回した。遮(さえぎ)るものは何もなかった。

(場所を変えよう)

駆けるようにして峠を下った。

(どうして気付かなんだのだ)

見張りのために随行していた門弟の一人が、慌てて後を追って来、訳を訊いた。

「糸沢(いとざわ)の宿で倒す。策を得た」

門弟が後を追った。

糸沢の宿に入ろうとして、百舌が足を止めた。

「門弟衆が、おりますが」

門弟が二人、十四郎らを見詰めて立っていた。十四郎らが気付くと、僅かに頭を下げ、歩き始めた。

「どうやら、尾いて来いと言っているようなのですが、いかがいたしましょうか」

「行こう」

十四郎が言った。

「分かりました」

歩き出そうとした百舌に代わって、十四郎が前に出た。

「何が起こるか分からぬからな」

「恐れ入ります」

百舌が下がった。

道の両側に茅葺(かやぶ)き屋根が並んでいる。門弟らは角を曲がり、一筋裏の通りに出た。道幅が狭くなった。

「十四郎様」

水木が、背後に忍び寄り、小声で言った。

「先回りいたします」

「止(や)めろ」

「どうして？」

「もう間に合わぬ。直ぐに始まる」

十四郎の足が速くなった。七郎が水木を追い抜いた。

門弟が、板壁の屹立(きつりつ)した路地に駆け込んだ。

「来たか」朝波が門弟に訊いた。「槇か、柳生か」

「槇十四郎が先頭に立って追って参ります」

「よしっ、勝ったぞ」

朝波は太刀を抜き払うと脇構えになって、十四郎が路地に飛び込んで来るのを待った。

足音がした。

門弟が二人、駆け込んで来た。二人を追って、十四郎が姿を現わした。

迫って来る。朝波が地を蹴り、駆け出した。門弟の二人と擦れ違った。朝波の太刀が、微かに門弟の一人の太股に触れた。袴が裂け、血が走った。門弟が転がり、呻いた。

十四郎との間合いが消えようとしていた。

朝波が、脇構えから剣を送り出して来た。太刀で受け、そのまま飛び上がり、板壁を蹴って地に下りた。

十四郎が振り向いた時には、二の太刀が繰り出されていた。

二の太刀を躱すと三の太刀が襲い掛かって来た。膂力に任せ、次から次と剣が突き出された。

両側の板壁が邪魔をして、左右に飛ぶことも、剣を横に払うことも出来なかった。

「秘太刀《吹雪》」

朝波が再び脇構えから剣を斬り上げて来た。下から上に、少し移動しながら下から上に、執拗に迫った。

鞘を抜き、朝波の胸許に投じた。掬い上げられた鞘が跳ね飛び、板壁に当たり、路地に落ちた。

「決着を付けてくれる」

朝波が剣を脇に構えた。刀身が、切っ先が、身体に隠れた。

十四郎が先に仕掛けた。走り出し、袈裟に斬り下ろした。その一剣を、朝波が刀の峰で受けたまま掬い上げた。

十四郎の手から剣が弾き飛ばされ、板壁の上部に突き刺さった。

「これまでだな」

朝波が足を踏み出した。

間合いが詰まった。

十四郎の愛刀粟田口藤吉郎兼光が、自らの重さに耐え兼ねてぐらりと揺れ、板壁から抜けた。刀はくるりと回転し、切っ先から路地に落ちた。

朝波の視野の隅に、光の筋が縦に奔った。

(何か……)

僅かに気が逸れた。生死は、そこで決した。

飛び込んだ十四郎が、脇差を抜き放ち、朝波の首を深々と斬り裂いていた。

迸り出た血潮が板壁を赤く染め、泡となって地を流れた。溜め息が水木らの間から漏れた。十四郎は脇差に血振りをくれると鞘に納め、朝波に投じた鞘と撥ね飛ばされた刀に手を伸ばした。

「槇十四郎、勝負」

立ち尽くしていた門弟の一人が、太刀を抜き払った。構えからして、腕は中の上だろう。

「止めろ。そなたの腕では、私には勝てぬ」

「構わぬ」

「恩義があるのか」

血に塗（まみ）れた亡骸に目を落とした。

「ない」

「では、何故死にたがる」

「雁谷自然流の意地でござる」

「分かった」十四郎は居合腰になった。「今は気が立っておる故、容赦（ようしゃ）せぬ。それでよければ参れ」

足指をにじって見せた。

門弟の切っ先が震えた。

「どうした？」

　震えが激しくなった。

「その気概、褒めてくれる。万一、私がこの争いに生き残った時は、何年かかってもよい、探し出し、かかって参れ」

　膝を突き、嗚咽する門弟に亡骸の始末を任せ、路地を出た。

「斬り捨てられるのかと思いました」

　百舌が首を竦めた。路地の入り口が遠く小さくなっている。

「私なら、飛び込んで斬っていたでしょう」

　七郎が、吐き捨てるように言った。一年前には見せぬ姿だった。

「柳生様は、間違うておられませぬ」

　水木が顔を向けたまま、きっぱりとした口調で言った。

「そうであろうか」

「でも、十四郎様も間違ってはおられませんでした」

「へっ」と百舌が、頓狂な声を上げた。「槇様も柳生様も間違っていないとなると……」

「思うた通りのことをなせば、それでよいのです」

三

大内峠を越え、山道を関山宿目指して歩いた。

木々がうるさい程茂っている。

疲れを知らぬのか、百舌が石から石へと飛び移った。

「身が軽いな。名付けたのは、誰だ？」

十四郎が言った。

「先代でございます」

病で没した水木の兄だった。

「よう似合っているぞ」

「恐れ入ります」

百舌が頭を下げながら、見張りがおりました、と言った。

「正面の巨(おお)きな木の脇に岩棚がございます。その中程に二人、こちらの様子を窺(うかが)っております」

「よう見えるものだな」

七郎が感心して見せた。

「今、姿が見えなくなりました。恐らく三、四町先に移動したのでしょう」

水木が皆に聞こえるように言った。

「目障りなら始末いたしますが、あのままでもよろしいでしょうか」

「構わぬぞ」

十四郎が答えた。

「承知いたしました」

山道は更に続いた。

水場に出た。岩の隙間(すきま)から清水が湧(わ)いている。百舌が一口飲み、後ろに下がった。

「美味い水でございます」

それぞれが竹筒に容(い)れた。

「あれ以来」と十四郎が水木に訊いた。「姿を見せぬのか」

見張りのことだった。

「まったく……」

「見張る必要がなくなったからですかな？」

七郎だった。

「では」百舌が七郎に尋ねた。「直ぐ近くに？」

「おるやもしれぬな」

周防茅野は、十四郎らが休んでいる水場の近くにいた。

遣り過ごし、背後に回る。

それが、待ち構えるのと、どれ程の違いなのか、よく分からなかったが、敵に背を見られているよりは、敵の背を見ている方が気持ちの上で楽だった。

十四郎らが歩き始めたのを見て、茅野は門弟らに出立を告げた。

不意に門弟らの顔がひどく若く見えた。茅野は三十二歳、関ヶ原の合戦の翌年の生まれだった。道場では師範、師範代と度会に次ぐ年である。

（この者らを死なせてはならぬ）

門弟らに、後ろから来るように言った。

茅野は奥羽の小藩の下級武士の家に生まれた。最初に手にした玩具は、父が内職で削っていた箸だった。

その父も家族も、家臣団を巻き込んだ藩主一族の確執のため殺され、七歳だった茅野も背と胸に深い刀傷を負った。

一人生き残った茅野は、叔父や叔母の家を盥回(たらいまわ)しにされ、十三歳の時に独り身だった伯母に引き取られた。その伯母が小太刀の達人だったところから、人生が更に思わぬ方へと転がった。

家で小太刀を伯母に習いながら、剣を習うため町の道場にも出掛けた。

女だてらにと陰口を叩かれたが、伯母に仕込まれた手首の返しが物を言い、道場でも一目(いちもく)置かれるようになった。ところが、師範が突然亡くなり、道場に後継者争いが起こった。

藩の重臣が、ここぞとばかりに金と権勢で道場を乗っ取ろうとした。己の三男を師範にと画策したのだ。

若かった。義憤に燃え、重臣の息(そく)を斬り、国を捨てた。十九歳だった。

追っ手も、悉(ことごと)く斬った。あてもなく各地を彷徨(さまよ)っていた茅野が雁谷を知ったのは、二十三の時だった。離れようとしても奥羽の風土からは離れられず、舞い戻ってしまっていたのだ。

雁谷を訪ね、師範と師範代にこれまでの経過(いきさつ)を話した。師範が言下(げんか)に、構わぬ、と言った。何かあった時は、皆で守ろう。

師範代も、にこやかな笑みを見せてくれた。

——そなたは、何一つ間違ってはおらぬ。一緒に剣を学びましょう。

しかし、雁谷にいることは直ぐに露見し、追っ手がかかった。

密かに脱するのは難しいことではなかったが、それでは茅野を故意に逃がしたと、道場に意趣返しをされる恐れがあった。

どうしようかと悩んでいると師範が、案ずるな、と言った。師範代に任せておきなさい。

師範代は追っ手の者に、雁谷を相手にすると血の雨が降るは必定、と諭し、茅野の髷を渡すことで、この一件を終わらせるよう申し入れた。

黒髪を切った茅野に済まぬからと、追っ手が帰った後で師範代も髷を落とした。茅野は板床に額を押し付け、礼を言った。床に額を押し付けたのは、生まれて初めてだった。礼を言うことが、こんなにも心を熱くするのだと知ったのも初めてだった。床に二か所、涙が溜まった。

それ以来、二度と追っ手は現われていない。九年が経つ。

十四郎らが関山宿の旅籠に入ったのを見届けると、追い越すぞ、と茅野が小走りになった。

　五町程先の百姓家の納屋を一晩借り受けた。作業場を兼ねた納屋であるらしく、囲炉裏も切ってあった。湯も沸かせれば、飯も炊けた。

「明日立ち合うつもりじゃ」

　二人の門弟に言った。

「はいっ」

　門弟の下郷伊助と柿崎荘介に緊張が奔った。

「最期の夕餉になるやもしれぬ。何か美味いものでも、食べましょうか」

「最期だなんて、なあ」

　と下郷が、柿崎に同意を求めた。

「茅野様が負ける筈はございませぬ。前祝いでございます」

　柿崎が懸命に言い募った。

「関山で、何か求めて参ります。暫しお待ち下され」

　下郷が立ち上がった。

「済まぬな。戻らせて」

「関山は目と鼻の先。何でもございませぬ」

「では、私はちと片付けをいたしましょう」

柿崎が水桶を手に提げた。囲炉裏周りを掃除するらしい。

「茅野様は外に出ていて下され。埃が立ちます故」


関山で買い求めた米と漬物、百姓家から貰い受けた卵で、卵雑炊に漬物の夕餉が始まった。

山野草の漬物は塩気が強かったが、雑炊に浸しておくと和らいだ。そうなると、古漬け特有の酸っぱ味が後を引き、三人はあっという間に平らげてしまった。

「これだけきれいに食べて貰えると、作った甲斐があるというものですな」

下郷が食器を片付ける手を止め、感慨深げに言った。

茅野には、二人が気を引き立てようとしているのが、痛い程分かった。

(勝つ。必ず勝ってみせる)

まさか守屋が、朝波が続けて敗れるとは、考えもしなかった。

上山で十四郎を襲った時は、朝波が押していたではないか。それが、何故敗れたのか。

柳生にしても、師範代の話では、剣の返しが四天王よりも遅いと言うておったではないか。返しが遅い。それは致命的なことではなかったのか。

「茅野様」

名を呼ばれ、茅野は我に返った。どうした？　彼の者どもが夜旅に出たか。

「盥がございました」と柿崎が言った。「行水をなさいますか」

「どこで？」

訊かれて、柿崎が迷った。

「土間で使われたらいかがですか」下郷が、柿崎に替わって答えた。「私どもは、何が起ころうと背を向けておりますので」

「気持ちがよさそうじゃな」

汗で肌がべたついていた。明日を前に、身を清めておきたくもあった。

「では、湯を沸かしましょう」

下郷は囲炉裏や鍋を見回すと、ひょいと土間に下り、そのまま外に出て行った。

程無くして戻って来ると、少々待つようにと茅野に言った。

「どうしたのだ?」

　柿崎が訊いた。

「母屋に頼んで釜一杯湯を沸かして貰っているのです」

「この刻限に」と茅野が、眉宇を曇らせた。「頼んだのか」

「茅野様、湯を沸かすだけで金子が貰えるのですから、あの者どもにとっては夢のようなことなのです」

「なら、よいが」

「下郷の言うた通りです。私の父と母も、旅の者を納屋に泊めてやっては金子を貰い、喜んでおりました」

「私は迷惑をかけぬよう、何一つ頼んだことがなかった」

　茅野が寂しげな笑みを浮かべた。

「知らぬことばかりじゃ」

「知っていても」と柿崎が、頭を掻いた。「剣の腕には繋がりませぬ」

　湯は間もなく届けられた。その間に盥を洗い、桶に水も用意した。

　盥に湯を張り、水を注してうめながら、柿崎が茅野に言った。

「さあ、お入り下さい。丁度よい湯加減でございます」

柿崎と下郷は茅野に背を向けて正座した。

茅野の立てる湯の音が、納屋に低く響いた。


翌朝茅野が目覚めると、既に朝餉の支度が調(ととの)っていた。

「二人には、何から何まで世話になって、済まぬの」

「我らはただ、茅野様のご武運をお祈りするばかりでございます。さっ、箸をお取り下さい」

茅野が椀(わん)を手にして頭を下げた。下郷と柿崎は、遅れまいと慌てて居住まいを正した。

百姓家に心付けを渡し、街道に出た。一日の距離を稼ごうとしている旅の者が多いのか、街道には人影が濃かった。

六ツ半（午前七時）になった。茅野は、襷掛けをして街道脇に立った。

「茅野様」

柿崎が岩を指している。丁度腰掛けになる程の大きさの岩だった。山の端を掠めた朝の日が、その岩に射(さ)していた。光に包まれたそこは、選ばれた場所であるかのように感じられた。

腰を下ろし、目を閉じた。瞼の裏に光が溢(あふ)れた。大きく息を吸った。夜のうちに草木が野に放った精気を、胸一杯に吸った。

(勝てる)

と思った。これまでに、今日程清々(すがすが)しい朝を迎えたことがあっただろうか。

茅野が目を開けたのと、来ました、と伝える下郷の声が重なった。

「あいつらだ」

百舌が叫び、十四郎の傍らに走った。

「上山から尾けて来た奴らですよ」

「焼き殺さねば気が済まぬか」

「よう覚えておいでで」

「お造りにしますか、塩焼きにしますか、とはまあ、ようも言ったものよ」

「そんな昔のことを。槇様には敵(かな)いませぬな」

「何の話です?」

水木が横から訊いた。

「埒もない話だ」

「後でゆっくりお話しいたします」

「それがよさそうだな」

茅野が、十四郎らが間近に迫るのを待って、街道の中程に躍り出て来た。行く手を塞ぐと、名乗った。

「雁谷自然流、周防茅野。お待ちいたしておりました」

街道では往来の邪魔だからと、脇道に入った。

草に溜まった夜露が、足袋を濡らした。

開けた場所に出た。柳生七郎が一歩進み出た。

「私がお相手いたそう」

「望むところじゃ」

言うや茅野と七郎が同時に走り始めた。

左手で鯉口を切り、柄と鍔を摑み、なおも走った。

七郎が足を止めた。一歩遅れて茅野が足を止めた。

双方の太刀が、鞘から滑り出た。七郎の太刀が、草の頭を薙いだ。身軽な茅野が宙に舞い、細身の刀を七郎の太刀に打ち付けた。

離れ合った時には、七郎は肩口と二の腕を斬られていた。剣の撓りを利用した攻めを躱し損ねたのだ。

七郎が下段に構えたまま、動かなくなった。

茅野も下段に構え、間合いを詰めた。茅野の切っ先が小さく回った。

七郎の剣がすっ、と上がった。追うように、茅野の剣が続いた。小手を狙って茅野の剣が伸びた。

それより速く、振り下ろされた七郎の剣が、茅野の剣を叩いた。鎺の上一寸のところで、茅野の剣が折れ飛んだ。

即座に脇差に手を伸ばした茅野の腕と胸を、十分に踏み込んだ七郎の剣が貫いた。

「茅野様」

下郷と柿崎が駆け寄り、左右から茅野を支えた。

「負けて、しもうた……」

茅野の口が開いて、閉じた。

四

度会広之進は、手にしていた瓜を思い切り投げ捨てた。瓜は水気を含んだ音を立てて地に落ち、果肉を散らした。

「茅野までもが殺られた、と申すか」

「残念ながら」

守屋、朝波に次ぐ、死の知らせだった。門弟が、片膝を突き、背が見える程に俯いた。

「誰か助っ人がおるのではあるまいな？」

「そのようなことはなかったと、聞いております」

「では、何故負けたのだ？」

「そこまでは……」

門弟が首を竦めた。

「油断でないとしたら、何だ？」

度会が門弟の胸倉を摑み、詰め寄った。

「腕が劣ったのか」

「分かりませぬ」

「劣ったのだ。強ければ勝ち、弱ければ負ける。他に理由はない。それが剣の道だ」

だから、剣は信じられるのだ、と言い合いながら、四人で酒を飲んだのは、二月程前のことだった。

それから、和歌山、尾張、江戸と回り、雁谷に戻った。逃がした者もいたが、柳生の幾人かに勝ち、己らの力を知ったと思った。

あれは過信だったのか。真の力ではなかったのか。

我らは稽古をした。少しでも上達したいと、無我夢中になった。

あの我らの努力より、柳生の小倅や居合流の方が努力したとでも言うのか。

それとも、剣には努力では辿り着けぬ境地があるとでも言うのか。

守屋の剣を、朝波の剣を、茅野の剣を、よく知っていた。負けたのは、実力を出し切れなかったがためとしか思えなかった。

来い、と腹の中で叫んだ。我が一剣が、汝らの肉を、骨を断ち、雁谷自然流四天王の力を見せつけてくれるわ。

度会は、新たな瓜に手を伸ばすと、ものも言わずに齧り付いた。

その頃、十四郎らは若松を過ぎ、湯川の宿外れで、饂飩を食べていた。

七郎が汁を一口飲み、あまりの塩辛さに眉を顰めた。恐ろしく濃い汁の饂飩だった。口直しに、田楽を頼んだ。味噌に山椒の芽を混ぜたものや、柚子味噌にしておいたものなどを豆腐に塗り、香ばしく焼き上げたもので、江戸を発ってから口にしたもので一番美味いものだった。

歩き始めて、天気が下り坂になっているのに気が付いた。

江戸を出て以来、天候に恵まれて来たのだが、どうやら運も尽きそうな気配だった。

「まだ大丈夫です。降り始めるのは夕方でしょう」

百舌が古傷を摩りながら言った。

「では、急ぎましょうか」

水木が先頭に立った。宿場を出て一里半（約五・九キロメートル）程行くと、街道が二手に分かれていた。

右は檜原、綱木（つなぎ）を経て雁谷を通り米沢に抜ける米沢街道で、左は大峠（おおとうげ）を越えて米沢に出る、戦のために拓（ひら）かれた道だった。

一行は右に折れた。

空の高みから舞い下りた風が、四人の背を押した。足の運びが軽くなった。距離を稼いだ。熊倉（くまくら）、大塩（おおしお）、檜原を過ぎて、檜原峠に差し掛かった。

「おりますな」と七郎が、峠を見上げて言った。「四天王の最後の一人が、間違いなく待ち構えておりますな」

「そうだろうな……」

峠を越えれば、雁谷は近い。

「私が、立ち合いましょうか」

七郎が言った。一人倒す毎（ごと）に自信をつけていた。腕が急速に伸びる時にはそうであった、と十四郎は己の歩んで来た道を垣間（かいま）見る思いだった。

「まだまだ難敵が控えている。負担は半分ずつにしておこう。私が立ち合う」

「分かりました」

うねうねと峠道が続いた。

「あそこで休みましょうか」

百舌が空の見える開けた場所を指した。見晴らしが利きそうなところだった。

水木は、十四郎と七郎の顔を見ると、

「ここの方がよいでしょう」

足を止めた。薄暗い木立の中だった。

「私ならば、長く続いた坂道を上り切ったところで待ち伏せます。あそこは、丁度それに適しています」

百舌が振り仰いで、大きく頷いた。

七郎が、水木殿は何事にも周到だな、どうだ、柳生の嫁にならぬか、と言った。

水木は口を丸く開けて、十四郎を見た。

(どうして気付いたのだ？)

後僅か半町(約五十五メートル)で開けた場所に出られるのに、わざわざその直前で休みを取った十四郎らに、度会広之進は苛立ちと恐れを覚えた。

(こちらの心が読めるのか)

守屋、朝波、そして茅野と三人が倒されたが、その一因を見たような気がした。

度会は腕を組み、瞑目し、一個の岩となり、波立とうとする心を静めた。耳朶をくすぐる風が、遠くの記憶を呼び覚ました。

広い家だった。中廊下を挟んで、座敷が並んでいた。年若い侍たちが、いつも出入りしており、笑い声が絶えなかった。それも、すべて関ヶ原の合戦までだった。

度会家の主家が西軍に属したばかりに、禄高を三分の一に減らされ移封されたのだ。代を重ねて仕えて来た家臣も、その多くが主家の許を去らねばならなくなった。

中級の家格であった度会家がなくなれば、およそ十家は安泰となる。当主であった父は、浪人となる決意をした。何人かの友が同調し、貧しくとも共にあろうというその言葉に、父は長年親しんだ国に留まることを決めた。

だが、度会が十一歳の時だった。暮らし向きが苦しくなった友と父が仲違いし、父が友を斬るという事件が起こった。ために、一家は追われて国を捨てることになった。誰も庇う者はなく、国境で捕らえられ、父と母は殺された。辛くも脱出した度会と弟は、旅の僧に拾われ、寺に入った。十二歳だった。二年の後、残るという弟と別れ、度会だけが寺を出、一人の武芸者に弟子入りした。以来、流浪の暮らしを続け、六年の後、雁谷で道場荒らしをしようとして、師範に師弟ともども叩き伏せられた。

――残れ、と武芸者が言った。そなたは、儂とともにいたら、これ以上は伸びぬ。

度会一人が道場に残された。それから十余年が経ち、度会は三十半ばとなった。

(面白い男であった)

と、武芸者を思い出すことがある。

武芸者だと名乗り、そのように見られることを望んでいたにも拘らず、刀よりも包丁の斬れ味の方がよかったのだ。お蔭で、宿などで重宝がられ、路銀の急場を凌いだことが度々あった。

その頃、町の辻で果たし合いがあり、人が斬られるところを見た。一方の者が手練であったらしく、斬り口の見事さに舌を巻いた。

肉が斬られる。ぽっかりと斬り口が開く。次の瞬間、傷口を血が埋め、溢れ、迸り出たのだ。死ぬまでに一度でよい、あのような斬り方をしてみたい。そう武芸者に言うと、宿の厨に連れて行かれ、俎板の前に立たされた。

た。

——斬ってみろ。

大根があった。宿の包丁を当て、力を入れた。微かな手応えの後、二つに斬れた。

——私の包丁を使うてみよ。

力を入れずとも、包丁が大根を斬っていた。次に、羽を毟られた野鳥を斬るように言われた。

——力を入れるな。刃を当て、刃が斬りたいように斬らせてやるのだぞ。

肉とともに骨が斬れた。風を斬っているように、手応えも何もなかった。

——どうだ、分かったか。

武芸者は、刀の手入れが半分、力の入れ具合が半分、それを混ぜ合わせているうちに少々目減りをするので、そこに神の御心をちと足してやると、願うたような斬り口になるのだ、と言った。

——だから、せいぜい鍛錬することだな。

だが、人を斬る機会は滅多になく、ただの一度とて、気に入った斬り口になった例はなかった。

どうしているか、と改めて思う。剣で生きようとしていれば既に亡く、包丁で生きたとしたら、どこかで幸せに暮らしているような気がした。

「姿を現わしました」

見張りに立たせていた門弟が、駆け戻って来た。

「ご苦労、下がっておれ」

立ち上がり、竹筒の水を口に含み、柄に吹き掛けた。

足音が聞こえた。

先頭の男が度会に気付き、背後の者どもに声を掛けた。十四郎に七郎、それに女子が続いて現われた。

（斬る）と、自らに言った。（四天王最後の一人の剣を、見せてくれる）

度会と十四郎が、名乗り合った後、間合いを取った。

「一つ訊いてもよいか」度会が十四郎の頭を見詰めて言った。「何故、髷を落とした？」

「これか」

十四郎が頭に爪を立て、がりがりと掻いた。伸び始めた髪が、黒く、短い。

「水を被るのに楽なのだ」

「被る、水を……」

度会には、思いも寄らない答えだった。

「馬鹿にしておるのか」

「誰を？　そなたをか」

「何を考えておるのだ。髷はな……」

「邪魔なだけであろう」

「何だと」

頭に血が上った。此奴、侍の自覚がないのか。肩で息を吐いた。

「……待て」

と度会は、手で十四郎を制した。儂を怒らせ、隙を作らせようとしているのか。

「髷など、どうでもよいのだ」

「訊かれたから答えたまでのこと。訊いたのは、そちらであろう。違うか」

度会は、ぐっと詰まるものを呑み込み、太刀を抜いた。

「問答無用。勝負だ。抜け」

「居合なのでな、直ぐには抜かぬ」

「………」

（気を静めるのだ。それだけの稽古をしたではないか……）

右の手に、心地よい重みが伝わった。左手を添え、上段に構えた。左足をにじり、間合いを詰めた。

十四郎が腰を割り、右の手を柄の上に浮かせた。

風が起こった。

小さな旋風（つむじかぜ）が、繁みの葉を揺らした。

風に、微かに雨がにおった。

（降るではないか）

百舌め、夕方までは保（も）つとか吐（ぬ）かしおって。

十四郎の指の第一関節が徐々に曲がった。上段に構えた剣の切っ先が、小さく動いた。

雨の最初の一粒が、地に落ち、黒い点となった。

十四郎の足裏が、地表を掠めた。

度会が気合とともに太刀を振り下ろした。太刀は垂直に地に落ち、切っ先を埋めた。次の瞬間、大きく踏み出しながら、刃を返し、斬り上げた。

紙一枚の間合いで見切った十四郎が飛び込み、太刀を横に払った。

度会の左腕が、手首から跳ねた。度会が斬り口を見るような妙な動きをしてから、右腕一本で斬り掛かって来た。

太刀で受け、脇差を深々と肋(あばら)から心の臓へと突き上げた。

「見事だ」と度会が言った。「儂も、あのように斬ってみたかった……」

度会の身体から力が抜け、そのまま横に倒れた。雨が度会の身体を打った。


檜原峠を下り、街道を綱木宿まで走った。街道に沿って、材木が堆(うずたか)く積み上げられていた。綱木の宿は米沢に材木を運び出す拠点だった。宿場に着いた時には、十四郎も七郎も水木も百舌も、ずぶ濡れになっていた。

旅籠を決め、交替で湯に入った。それぞれが油紙に包んでおいた着替えに袖(そで)を通した。

人心地ついたところに、夕餉の膳(ぜん)が運ばれて来た。汁と菜のものが付いていた。

「降ったな」

と十四郎が、箸を使いながら百舌に言った。

「正確なものでございましたでしょう?」

百舌が答えた。

「少しずれてなかったか」

「ほんの少しだけでございます」

「あれは許せる範囲だろうか」

十四郎が七郎に訊いた。

「さあ、どうでしょうか。百舌、俺を味方にしたければ、青菜一切れだぞ」

七郎が箱膳を持ち上げる真似(まね)をした。

「柳生の若様としたことが、随分とお情けない……直箸(じかばし)で失礼いたします」

百舌は青菜を摘(つま)んで、七郎の膳に運んだ。

「おい、渡すのか」

「若様がこっちに付けば、鬼に金棒でございますからね」

「水木殿、そなたは百舌に何を教えておるのだ?」

「十四郎様、少しはしたのうございますよ」

水木が汁椀を取り上げ、静かに口へ運んだ。

その夜、水木と百舌は旅籠を抜け出し、雁谷へと走った。自然流の道場は、深い闇(やみ)の底にうずくまっていた。

「どういたします？」

百舌が訊いた。

「入りたいのは山々だが、塀を越えるだけで気配を読まれてしまうであろう。今夜は場所を見定めたことで我慢せねばな」

「悔しゅうございますね」

「悔しかったら稽古をするのじゃ」

「はい」

答えた百舌の袖を水木が引いた。

「…………？」

「潜(くぐ)り戸が開いた……」

潜り戸は、道場のある建物から離れたところにあった。

「あれは？」

「門弟衆が寝泊まりする、長屋でもあるのかもしれぬな」

潜り戸から門弟らしき者どもが音を立てぬよう気遣いながら、表に出て来た。

彼らは幾人かに分かれ、街道を綱木の方へと走り出した。

綱木の宿には、十四郎と七郎がいる。行き先は、そこしか考えられなかった。

夜襲を受けても後れを取る二人ではなかったが、火を掛けられれば、何が起こるか分からない。

「尾けるぞ」

水木と百舌は、気付かれぬようそっと走り出した。二人の姿が闇の中に消えた頃、道場の門が開き、影が一つ闇に向かって地を蹴った。


「ここだ」

と、一人が旅籠を指さした。

「間違いなく、四人とも寝入っているであろうな？」

もう一人が訊いた。

「この刻限だ、起きている筈はあるまい」

四ツ（午後十時）を回っていた。

「よし、先ず(ま)私が行き、宿の主人から部屋を聞き出す。後は、数頼みで行くぞ。手当たり次第突きを入れる。分かったな」

門弟の一人が、塀を越えて中に入った。小柄(こづか)で厨口の猿(かぎ)を外しているらしい。開いた。仲間を手招きしている。

「なかなか器用でございますね」

「早う(はよ)知らせて参れ」

藪の中から見ていた水木が、百舌を屋根に飛び移らせた。百舌が庇(ひさし)から、二階の部屋に潜り込んだ。

頃合を見て藪から出た水木の前に、影が立ちはだかった。江戸の愛宕下辺りで顔を合わせた師範代だった。咄嗟に身構えた水木に、師範代が詫(わ)びた。

「申し訳ござらぬ」

「今更言い繕(つくろ)おうとは、卑怯(ひきょう)なる振る舞い、許さぬ」

水木の小太刀が闇を斬り裂いた。

「そうではない。まさかと思い、追って来たのだ。あの者どもを止めさせて下され」

師範代の間宮承治郎が、抜き様に水木の小太刀を撥ね上げた。丸太で撥ねられたような衝撃を受け、水木は間合いを取った。

　その時――。

　二階の窓を破って、門弟が頭から落ちて来た。一人、二人、三人目が庇に当たり、一回転した。

「止めい。何を心得違いをしておるのだ」

　承治郎が怒鳴った。

　二階が静まり、廊下を駆け下りて来る足音がした。足音は、厨口から飛び出すと、地に伏した。

「貴様ら」

　承治郎の拳が唸った。右に、左に、門弟衆が翻筋斗打って倒れた。鼻から棒のように血を噴いて倒れた者もいる。

「先生のお顔に泥を塗りたいのか」

　承治郎は、皆を座らせると、一人ひとりの肩に手を載せ、摑んだ。

「正々堂々と立ち合わねば無意味なのだ。皆の気持ちはありがたいと思う。されど、これでは四天王も浮かばれぬぞ。それが分からぬそなたたちではあるまい」

　嗚咽が庭に、こだました。

「申し訳もござらぬ。詫びは幾重にもいたす故、何とか門弟どもを許してやってはくれぬだろうか」

「おあいこですよ」

と十四郎が、頭を掻きながら言った。七郎が、驚いたように十四郎を見た。

「止めとけと言うたのだが、見て来ると言うて、私たちの手の者が道場を見に行ったのだ。どうやら入らなかったようだが……」

「気配を読まれそうで、入れませんでした」

水木が刀を鞘に納めながら言った。

「ということだが、我らを心配してのこと故、何も言えぬ。おあいこといたしたいが、どうであろう？」

「かたじけない」

承治郎が、膝に手を当てた。

「しかし、宿の者には謝っていただかぬと困る。皆、跳び起きてしまったでな」

「承知した。男手はたくさんあるので、壊れたところは明日にでも直しましょう」

「どうであろう、済まぬが、それで堪(こら)えてくれぬか」

宿の主人夫婦が、腰を引きながら怖々と頷いた。

「されば、明日道場に伺う故、今夜はお開きといたさぬか。ちと眠いでな」

「槇十四郎殿、貴殿の男気、ありがたく頂戴いたす。では、明日」

承治郎が門弟衆を引き連れて、闇の中に消えた。

「十四郎殿」

七郎が唇を尖らせた。

「いいところを全部持って行かれて、私は面白くないですぞ」

「許せ、許せ。成り行きだ」

「十四郎様」

と百舌が言った。

「今、お開きと言われましたが、このような時にも使うのですか」

「間違いだ」と七郎が言った。「酒宴ではあるまいし、お開きはおかしい」

「私は寝るぞ」

十四郎は叫ぶと、振り向いて百舌に言った。

「寝ろ」

第四章　雁谷炎上

一

明け方にまた雨が降ったらしい。草木の葉先に露(つゆ)が宿り、街道は濡(ぬ)れていた。

身支度(みじたく)を整え終えた水木と百舌が、膝許(ひざもと)に手を突(つ)いている。

「案ずるな」と十四郎が、二人に言った。「容易(たやす)く負ける我らではない」

「勿論(もちろん)」と水木が答えた。「勝利を信じております」

「それでよい。私たちは勝つ。雁谷とは踏んで来た修羅場(しゅらば)の数も、斬(き)って来た人の数も違うでな」

「浴(あ)びた血潮(ちしお)の量を比べるならば、柳生は誰にも負けませぬぞ」

七郎が胸を張ってみせた。

「閻魔様の前では誇れぬがな」

「誇れるのは、我が親父殿や十四郎殿の伯父御の前だけでしょう」

「怪しからぬぞ」と十四郎が水木に言った。「あのようなことを、言うておるぞ」

「誤解でございます。殿はそのようなお方ではございませぬ」

「済まぬ」七郎が詫びた。「口が滑った」

「口だからよいようなものを、手が滑って剣を落としたら斬られます」

あくまでも生真面目な水木の返答に、七郎は顔をしかめ、無言で十四郎に視線を送り、助けを求めた。十四郎は横を向き、顎を撫でた。不精髭が伸びていた。

「気を付けよう」

「ご武運を」

水木と百舌が口を揃えた。

四人は旅籠を出、街道を北に向かった。葉に溜まった雨粒が、時折滴り落ちた。それは、鬱蒼と茂った木立を背景に、白い筋となって流れた。

誰も、何も喋らなかった。足許を見詰め、口を噤み、黙々と歩いた。

峠を越え、隣の宿場を通り過ぎると川に出た。大樽川である。川沿いの道を南東に向かった。

「間もなくでございます」

　水木が言った。

　一町（約百九メートル）程行くと、高台に門弟らしい男が二人いた。二人は、彫像のように立ち尽くし、一行を見下ろしていた。

「何か、妙な雰囲気でございますね」

　百舌が辺りを見回した。胸のうちを、不吉な影がよぎった。

　更に半町程行ったところにも、また見張りの門弟がいた。下郷と柿崎の二人だった。

　二人の目には、憎しみに似た光が宿っていた。

「変わりましたな」と七郎が言った。「今日の雁谷は、昨夜の者どもとは別の者ですな」

「油断すまいぞ」

　十四郎は鞘に手を掛け、いつでも抜けるよう、心の中で身構えた。

「林の向こうが、雁谷自然流の道場です」

　林を回ると、土塀に囲まれた道場が見えた。道場の奥に屋敷があり、右手は門弟衆が寝起きする長屋になっていた。

広い。思い描いていたものより、遥かに大きな道場だった。

一行の歩みに合わせて門が開き、師範代の間宮承治郎が現われた。表情が硬い。僅かに身を引いた。入れと言っているらしい。十四郎らは、門の内側に足を踏み入れた。

血潮がにおった。人が斬られ、血が迸り出た時に発する濃密なにおいだった。

玄関脇の松の古木に、忍び装束の男が縛られていた。右の二の腕から下がない。斬り落とされたのだろう。

直ぐに斬り口を炎で焼かれ、血止めを施されたが、完全には止まっていないらしい。まだ血が滴り落ちている。装束の乾き具合と衰弱の様子からして、男は昨夜半に斬られ、繋がれたと見受けられた。

「この者を、存じておろうな?」

承治郎が男の顎に手を当て、上を向かせた。舌を嚙まぬよう竹を銜えさせられた男が、赤く充血した目を向けて来た。

知らぬ顔だった。十四郎は七郎に尋ねた。

「そなたの手の者か」

七郎が首を小さく横に振った。

「この者に、見覚えはない」

「騙されぬ」承治郎が、男から十四郎に目を移した。「そなたは、昨夜あいこだと言った。そなたらも忍び込もうとして止めた、とな。私は、気の晴れる思いがした。胸を打たれた。しかし、その口の裏で、此奴を忍び込ませたのだ。汚い。これが、そなたらの遣り方なのか」

「困ったな」

と十四郎が言った。

「どうすれば、誤解が解けるのだ?」

「言い繕おうとしても、無駄だ」承治郎が、男を指さした。「この者は、昨夜私がそなたらの旅籠に参ろうと道場を出た後、私の不在を見計らったように忍び込んだのだ。我らの動きを熟知していなければ、出来ぬことだ」

「それだけで、私どもの仲間となるのか」

「他に誰がいる?」と承治郎が叫んだ。「我ら雁谷の者と江戸柳生、そして槇殿ら、この三者以外に、この件に首を突っ込んでいるものはおらぬ」

どうだ、とばかりに承治郎が視線を合わせて来た。

（七郎、本当に知らぬのか）と十四郎は、腹の底で思った。（柳生の者ではないのか）

問い詰めたくてうずうずし掛けた時、突然兵庫助の言葉が甦った。根の者に、雁谷衆の跡を尾けさせている――。

「分かった」と十四郎が呟いた。「その者が、何者なのか」

水木と百舌が問いたげに、十四郎の顔を見た。七郎の表情に変化はない。

「誰なのだ？」

承治郎が詰め寄った。

「その前に、教えてくれぬか……」

根の者だとすると、師範代と四天王の一行の跡を悟られずに尾け、雁谷に着いてから忍び込む機会を昨夜まで待っていたことになる。

何故、直ぐにも忍び込まなかったのか。

師範の両角長月斎と師範代がともにいる時には、水木と百舌が二の足を踏んだように、忍び込めなかったのだろう。

だから、一人が欠けた昨夜、門を越えたのに違いない。

根の者の腕は想像出来た。七郎も十四郎も、根の者に見張られていたことに気付かなかったのだ。隠行の術は並大抵のものではない筈だった。

　その者が、見付かり、腕を斬られたのだ。

「この者の腕を叩き斬ったのは」十四郎が言った。「師範の長月斎殿であろうか」

「まさに」

　忍びを追い詰め、斬る。腕が立つだけでなく、相手の動きに合わせられるだけの敏捷さがなければ、叶わぬことだった。

（流石、両角烏堂の父親よ）

　十四郎は、そびえ立つ高い壁を見たような気がした。

「まだこちらの問いに答えてはおらぬぞ」承治郎が、忍びを指さした。「さっ、此奴が何者か、有体に言って貰おう」

「尾張柳生が放った根の者であろう」

「根の者？」

「忍びだ」

　七郎が答えた。

「さては」承治郎が言った。「気付いておったな？」

「信じて貰えぬかもしれぬが、その者が根の者であるとしたら、初めて見たことになる」

「…………」

承治郎は忍びに噛ませていた口輪の紐を緩めると、尋ねた。

「其の方は、根の者なのか」

「殺せ」と男が、口輪の隙間から、くぐもった声で答えた。「何を訊かれても答えぬ」

「斬るぞ」

「だから、斬れと申しておる」

承治郎が刀を抜いた。

「待って下さらぬか」

十四郎が前に進み出た。

「この男、私に下さらぬか」

「助けたいのか」

「一言で言えば、そうなる」

「尾張柳生ならば、仲間のようなものだからな」

「そうとも言えぬが、無駄に殺すこともあるまいと思うたまでのことだ。この者にも、妻子がおるであろうしな。どうだ、おるのであろう？」

「おらぬ」

「死んだら泣く者は？」

「おらぬ」

「困った奴だな」

「誰もおらぬのだな？」

承治郎が訊いた。

「己の腕が未熟故捕らえられたのだ。殺されても悔いはない」

「と言うておるぞ」

「救いようのない男だが、この者が根の者だとすると、忍び込ませたのは雁谷自然流、其の方らだぞ」

「何だと？」

「烏堂両角継之助が書いていたという日録がほしかったのであろうよ」

「江戸でなく、尾張がか？」

江戸と尾張は不仲である。通説を信じているのならば、当然の疑問だった。十四郎は、知らぬ振りをした。

「いかような事情かは知らぬが、使い道はあるであろうしな」

「日録があると言うた方が悪い、ということか」

言ってから、承治郎の眉が微かに曇った。日録は、ない。十四郎の直感が、そう叫んだ。承治郎が眉を曇らせたのは、余計なことを言うた、と心中秘かに舌打ちしたからに他ならない。

「当たり前だ」十四郎は嵩にかかった。「飲まず食わずの奴の目の前で、裏にご馳走があると言えば、忍び込まれても仕方あるまい」

「奇妙な男だな、槇殿は」

「ある坊様から、坊主にならぬかと誘われている」

承治郎が十四郎の頭を見た。

「それで、頭を丸めておられるのか」

「これは暑苦しいからであって、他意はござらぬ」

「暑……」

承治郎が門弟衆に目を遣った。最後に門弟衆の目が、十四郎の頭に集まった。

「騒々しいが、来られたのか」

玄関の奥から、張りはあるが高齢の者の声がした。

「師範代」門弟の一人が、承治郎に駆け寄った。「師範が、お呼びでございます」

門弟に導かれ、十四郎らは道場に上がった。

道場の床板は、鏡のように拭き清められていた。踏み締める度に、足裏が床板に吸い付いた。剣の好きな者が、剣を学ぶために集まる。その場に相応しい清々しさが、道場にはあった。

程無くして承治郎が現われた。承治郎は入り口付近に留まると、背後から来た老人に頭を下げた。

目を炯々と光らせた痩せた老人だった。

老人は扁額を背にして、十四郎らの向かいに座った。

「両角長月斎でござる」

七郎に次いで十四郎が名乗り、水木と百舌を供の者だと言った。

「我ら、屍を晒すことになるやもしれませぬので」

「正直、驚いた」と長月斎が、七郎と十四郎を見詰めながら言った。「よう、あの四天王を、無傷で倒したものよの」

声に溜め息が混じった。

「運でしょう」十四郎が言った。

「と、お思いか」長月斎が訊いた。

「運が鍛練の賜物と言えば、でございますが」十四郎が、言葉を足した。

「この世に運というものがあるとすれば、自らの手で摑み取ったものだ、と儂も思うておる。よう稽古を積まれたのだな」

十四郎は僅かに首肯してみせた。

「槇殿、そして柳生殿」と長月斎が、言葉遣いを改めた。「此度のこと、さぞや憤慨なされたかと思う。暗殺を企てた烏堂なる者を斬ったこと。槇殿に非はない。また、その暗殺を仕組んだとはいえ、柳生の門下に入った烏堂をどのように使おうと、諾否は烏堂が決めたこと。恨む筋合いではないこと、承知しておる」

長月斎は、ゆっくりと息を吐くと、続けた。

「されど、儂は烏堂こと継之助の父である。直向きに剣と向かい合おうとしなかった継之助に腹も立つが、継之助に暗殺剣を教えた柳生は、もっと憎い。暗殺者として、斬って捨てた槇殿も憎い。この心情、分かってくれなどとは言わぬ。それよりも柳生殿、そなたを倒し、恨みを晴らすとともに、柳生新陰流の看板に泥を塗り、雁谷自然流の剣名を上げたいという思いもあった、と言うた方が、分かって貰いやすいかな」

七郎の眉が僅かに動いた。

「お心の裡……」と十四郎が言った。「分からぬでもありませぬ。今ここに肩を並べて座っているが、七郎殿とは何度も渡り合っておりますからな。だが、今ここで柳生の家の在り方について論ずるつもりはございません。ただ言えることは、私にとっては逆恨みとしか言えぬ、この無益な争いを止められぬかということです。どちらかが死ぬことになるのですぞ」

「死ぬのはそなたらだ。儂らは、四天王の仇討ちもせねばならなくなったでな。もう引けぬわ」

「ならば、くだくだ話す必要はなかろう」

七郎が右手で刀を摑み、片膝を立てた。

「一つ訊きたいのだが」

長月斎が十四郎に言った。

「継之助に卑怯未練な振る舞いはなかったであろうな？」

「立派な最期でした」

「継之助を倒したのだから、そなたの腕はかなりのものなのであろうな」

「腕は継之助殿の方が上であったと思うております。天が私に味方したとしか、思えませぬ」

「……何よりの言葉だ。父として、師として、嬉しく承った」

両の膝に手を突いた長月斎に代わり、承治郎が膝をにじった。

「本日は真剣で立ち合いたいのだが、ご異存はなかろうな」

「もとより」

「継之助様のお命を絶った憎き仇だ。血潮に塗れていただくが、その前に我が雁谷自然流と柳生新陰流のどちらが上か、決着を付けさせて貰いたい。ご異存は？」

「ない」

七郎が答えた。

長月斎が、七郎と十四郎に、そして水木と百舌にも言った。

「少し早いかもしれぬが、立ち合う前に昼の粥など差し上げたい。受けて貰えるだろうか」

「ありがたい」と十四郎が答えた。「頂戴いたそう」

「槇様」百舌が言った。

「十四郎様」水木が十四郎の腕に手を伸ばした。

「毒など入れはせぬが、心配ならば、お供の方が作られてもよいぞ」

長月斎が言った。

「では、こう見えましても腕には多少の覚えがございますれば、私が江戸仕込みの粥を」

と百舌が、腕をまくった。

「楽しみだな」

長月斎は言うと、手を叩いて門弟を呼び、菜園に案内し、厨を使わせて差し上げるようにと命じた。百舌と水木が立った。

「出来るまで、休まれるか、屋敷の中を見て回られるか、お好きになさるがよい」

「承知した」

十四郎は、七郎を誘って庭に出た。無骨な築山があり、岩と石で何やら景色が作られていた。素人が力任せに並べたらしく、それが素朴な味となっている。時代が付けば、それなりによくなるのだろう。

土塀の外で、子供の笑い声がした。随分と声が下の方から聞こえて来る。

庭の隅に梯子が立て掛けられていた。

十四郎は刀をぐるりと背に回し、梯子を抱えると、土塀に沿って立て掛けた。

「上るのですか」

七郎が驚いている。

「塀を飛び越えて逃げる時の用心だ」

冗談のように言い、梯子に上り、土塀の上に乗り上げるようにして下方を覗いた。

五間（約九メートル）程の崖となっており、下の川原で幼い男の子が遊んでいた。笑い声は、その子が発したものらしい。男の子の脇には、盥で洗濯をしている女がいた。男の子が、石の隙間から何かを引き擦り出そうとして尻餅をついた。途端に、顔が歪んだ。

「泣くな」十四郎が叫んだ。「堪えろ」

子供と女が、振り仰いで十四郎を見た。

十四郎が手を振ったのに合わせて、男の子が大きな声で泣き始めた。

「参った。却って、泣かれたわ」

梯子を片付け終えた十四郎に、居室から下りて来た長月斎が言った。

「ずっと見ておった……」

長月斎は、築山の岩に腰を下ろして続けた。

「失礼だが、どう見ても、そなたよりも私の方が腕は上だ。となると、そなたはもう少し経つと死ぬことになる」

「かもしれませぬな」

「それで緊張せぬのか、怖くないのか」

「何度も死に掛けたのですが、不思議に死なぬのです。恐らく、今回も死なぬような気がしているのですが、間違っておりましょうか」

長月斎は口を薄く開けると、空気の抜けるような笑い声を上げ、そうか、と言った。

「それは凄いな。しかし、それで分かったわ。継之助が負けた訳がな」

「私には、未だに分かりませぬが」

「それでよいのだ」

「よいのですか」

粥が出来たと百舌が知らせに来た。

長月斎と十四郎が笑い合っている姿を見て、菜箸を持ったまま戸口で固まった。

粥は、どこが江戸仕込みなのか分からぬ味をしていた。味の所為だけでなく、徐々に高まって来た緊張感のために、七郎と承治郎の箸の動きが鈍かった。

十四郎とても、一膳など食べ切れぬ状態だったが、足許を見られては、と無理矢理二膳を咽喉へ流し込んだ。

「よう食べられましたな」

片付けの間、別室に下がった十四郎に、七郎が耳許で囁いた。

「苦しくてな、戻しそうだった。あの粥の味は、生涯忘れぬ」

七郎が弾けんばかりの笑い声を上げた。

「勝つ気でいるのですな、やはり」

茶を取りに行っていた水木と百舌が、戻って来た。

暫くすると、襖が細く開いて門弟が刻限だと告げた。

「道場へご案内いたします」

道場の片側に門弟衆が端座して並んでいた。下郷と柿崎もいた。

反対側に十四郎らも並んで座った。

間宮承治郎が立ち上がり、進み出て来た。

「柳生七郎殿」

「うむ」

七郎は下げ緒で襷掛(たすきが)けをし、立ち上がった。

二

間宮承治郎と柳生七郎の太刀(たち)が、鞘を離れた。

承治郎は下段に構えると、切っ先を小さく回した。

紀州和歌山の小夫朝右衛門と尾張の名取丈八郎を襲った時にも切っ先を回したと、江戸柳生に報告がもたらされていた。そのための対策は、麻布日ガ窪で練っていた。

(おのれ、馬鹿の一つ覚えに)

小夫の時は太刀が跳ね上がり、名取の時は、突き立てた名取の剣に蔦(つた)が絡むように、承治郎の切っ先が伸びたと聞いた。

（此度は、どう出るか）

正眼に構え、後は構わずに放っておくことにした。

間合いを詰められぬ承治郎が、誘いを掛けようと、切っ先を更に沈めた。

七郎は正眼のまま微動だにしない。

（何だ）と承治郎は思った。（この落ち着きは、何なのだ？）

江戸で向かい合った時には、どこからも感じられなかった、心の静けさだった。

あの時の七郎が本来の姿なのか。

それとも、この落ち着きが七郎なのか。

承治郎は、太刀を跳ね上げると、守勢に回った七郎を追い、突きに払いと矢継ぎ早に技を繰り出した。

（太刀が届かぬ）

その時になって承治郎に、軽い焦りが芽生えた。太刀が見切られているのだ。

それも、寸ではなく、分で。

飛び込んだ。間合いをなくせば、寸であろうと分であろうと躱せはしまい。

「《波風》」

刀身を噛み合わせた。承治郎が横に回った。体が離れた。離れたと同時に飛び込み、体を伸ばして二の腕を斬る。それが《波風》だった。承治郎の放った剣を、逆手に抜いた脇差で、七郎が受け止めた。

ざわめきが道場に起こった。

七郎は脇差を逆手のままそっと鞘に納めると、両の腕を左右に開いた。構えることなく、自然体で敵と向かい合う。無形の位である。

（こうなれば、七郎のものだろう）

十四郎は水木に目で合図した。水木も意を悟ったらしく、頷いた。

次の瞬間、道場の床板が激しい音を立てた。慌てて二人に目を遣った十四郎と水木が、我が目を疑った。承治郎の姿が、床から消えていた。

承治郎は天井高く跳ね上がっていた。

頂点で一瞬留まると、七郎を見据え、太刀を振りながら前転し、床板に下り立った。

七郎は大きく飛び退いた。

「雁谷自然流秘太刀の一つ、《変化》」

承治郎は脇差を抜くや、二刀になって交互に太刀を繰り出した。攻撃に隙を見せぬ技であるらしい。

斬り結び、火花が激しく散った。絶え間無く襲い来る二刀の攻撃を、一刀で受ける。徐々に形勢が逆転し始めた。

受け損ねた太刀が腕を掠めるらしく、七郎の腕を血が伝った。

一刀を下段に、もう一刀を上段に翳して、承治郎が斬り付けた。大刀を大刀で、脇差を逆手に抜いた脇差で受けた七郎が、承治郎を押し返しながら足を払った。承治郎の身体が沈んだ。七郎も体を捨て、飛び退いた。

承治郎の刀が二度、三度と空を斬り裂いた。

改めて起き上がった二人が、二刀を構えた。

「柳生に二刀の技があろうとは、知らなんだわ」

「それで柳生に勝とうとは、笑止」

「言うたな」

承治郎が、裂帛の気合諸共打ち込んで来た。刀を十字に重ねて受けた七郎の胴を、承治郎の脇差が横に払った。前身頃が斬れ、懐紙が滑り落ちた。腹が裂けたかに見えた時、一分で躱した七郎の剣が太刀を払い除けた。よろけた承治郎に向かい、七郎が踏み込んだ。承治郎が振り向き様に一刀を放った。七郎には、承治郎の動きがはっきりと見えていた。脇差で受け止めると、太刀で承治郎を袈裟に斬り下ろした。血飛沫が上がり、承治郎が頽れた。

「師範代」

飛び出した門弟たちが慌てて血止めをしているが、治療の叶う傷ではなかった。

床に零れた血を、門弟たちが拭き清めている。

七郎の腕からも、血が滴り落ちた。水木と百舌が、蓬や血止め草で作った秘薬を傷口に塗り、布を巻き付けた。

「さすれば、槇殿」

長月斎が、太刀を手にしてゆっくりと立ち上がった。

「死出の土産に、せめてそなたの命を貰わねば、儂はあの世には行けぬことになった。手加減はいたさぬ故、悪く思わぬようにな」

「それは構わぬ」

「他に、何か」

「どうしても、答えていただきたいことがある」

と十四郎が、長月斎と向かい合いながら言った。

「継之助殿の日録は、本当にあったのですか」

長月斎は、少しの間、目を合わせていたが、いや、と首を振った。

「あれは、そなたらをここに来させるための方便だ」

「信じてもよろしいのでしょうか」

「事ここに至りて嘘(うそ)は言わぬ」

「七郎殿」と十四郎は、長月斎から目を移さずに言った。「そういうことだ」

「相分かった」

「されば」十四郎が腰を割った。

「参る」長月斎が太刀を抜いた。

長月斎は正眼に構えると、間合いを計りながら、徐々に詰めた。十四郎は僅かずつ足を引き、間合いを保った。

「それでは、立ち合いにならぬわ」

長月斎の足が、じりと寄った。

「そっちの方が強いのだ。好きにさせて貰う」

十四郎は、更に足を引いた。

「思うたより、愚かだの。引き足では、勝てぬぞ」

「試されい」

長月斎が、鋭い踏み込みで剣を正面から叩き付けた。

十四郎は素早く床板を蹴って回り込み、躱した。

「間宮、見ておるか」

長月斎が叫んだ。

「はい、確と」

承治郎の背を支えている門弟が、返答した。

「見ておれ。そなたらへの礼の一振りだ」

長月斎は、両の手を横に広げ、身体を十字に開くと、そのままの体勢で十四郎に迫った。

右に行くか、左に行くか。それとも正面を衝くか。瞬時、十四郎は迷った。迷いが動きを鈍らせた。

長月斎の腕が下から上に振られた。脇に微かな隙が生じた。

十四郎の一剣が、光となって長月斎の脇に飛んだ。老人の膂力とは思えぬ速度で、虚空に流れた長月斎の剣が呼び戻された。

二本の剣が噛み合い、押し合い、縺れ、左右に離れた。

「これで初太刀は封じたぞ」

双方が正眼に構えた。

間宮承治郎は、消え行こうとする意識を奮い立たせ、目を見開いた。

「《浮橋》だ……」

十四郎の太刀が正面から斬り掛かった。長月斎の太刀がふわりと浮き、十四郎の太刀の峰を叩いた。

十四郎の手から太刀がぽろりと落ちた。反射的に脇差に手を掛けたが、十四郎に抜く間はなかった。長月斎が大きく踏み込んで来たのだ。太刀が唸りを上げた。

（斬られる……）

そう思った途端、身体が長月斎の足許に飛んでいた。十四郎自身、予期せぬ動きだった。足を払われないようにと、長月斎が跳ねて躱した。その分だけ、間合いから十四郎を逃してしまった。

ちっ、と舌打ちした長月斎は、切っ先で粟田口藤吉郎兼光を掬い上げると、背後の板壁に投げ付けた。壁の上部に刺さり、留まっている。

「よう凌（しの）いだが、脇差で儂に勝てると思うてか」

長月斎がゆるりと間合いを詰めながら言った。

「土下座して命を乞（こ）えば、助けてやらぬでもない。さあ、どうする？」

「知らぬようだが、我が槇抜刀流には小太刀もあるのだ。秘伝をお見せいたす故、心して掛かって来られるがよい」

十四郎は右膝を立てて床板に座ると、居合（いあい）の構えを取った。

脇差の刃渡りと腕の長さのうちに、すっぽりと身体が入った。

隙がなかった。長月斎が迷う番になった。

（何だ、これは……）

しかし、迷っているのは十四郎も同じだった。太刀を投げる癖のある十四郎は、脇差で危うく勝ちを得る勝負を何度か経験していたが、脇差での動きに卓越している訳ではない。水木や松倉小左郎を相手に稽古をして、動きを掴んでいたに過ぎない。

七郎が水木の顔を見た。

小太刀ヲ教エテホシイノダ。

麻布日ガ窪の道場で、十四郎が水木に言っていた言葉が、耳朶に甦った。

「あの構えは、結城流小太刀で言う《穴熊》でございます。滅多に後れを取るものではございませぬ」

「よう知っておったものだな」

七郎は、内心舌を巻いた。

「恐らく、咄嗟に出たのだと思います」

「咄嗟……か」

長月斎が床板を踏み鳴らし、正面から襲い掛かった。


長月斎の攻撃は執拗に続いた。

その悉くを十四郎は脇差で払い除けていたが、受けに回っていたのでは、引き分けはあっても、勝ちはなかった。

（間違って、一つでも受け損ねれば負ける……）

どこで、攻勢に出るかが問題だった。

「立て」

長月斎が、下がった。間合いが空いた。

十四郎は脇差を構えたまま立ち上がると、板壁に刺さった己が大刀の場所を見定めた。

天井近くに刺さった太刀は、飛び跳ねたくらいでは届かない。

(思い切り、飛ばしてくれおったわ)

十四郎は、脇差を左手に持ち替え、右手で鞘を抜き取った。鉄で固めた鞘は、斬り結んでも持ち堪えることが出来た。

「頑丈そうな鞘だな」

「重いのが、玉に瑕でしてな」

「何事にも欠点はあるものよ」

「雁谷にも?」十四郎が訊いた。

「あるかもしれぬ。そなたにも、あるであろう?」

「ない。完璧と言われておる」

「口の減らぬ奴よ」

長月斎の太刀が間合いに入り込んだ。鞘で受け、脇差で払った。

「それで、完璧か」

長月斎が吠(ほ)えた。

「見ておれ」

身を屈(かが)めて太刀を躱し、振り仰ぎ様に鞘を投げ付けた。

一直線に飛び、長月斎の右肩に当たった。長月斎が足を踏み締めて、堪(こら)えている。十四郎は、脇差を低く構え、長月斎の懐(ふところ)に飛び込もうとした。剣で十四郎の行く手を塞(ふさ)いだ長月斎が、上段から斬り下ろした。脇差で受け、脇の下を潜(くぐ)り、そのまま壁に突進した。

床板を蹴り、覗き窓の縁(ふち)に足を掛け、更に跳ね上がった。手が柄(つか)に届いた。壁から太刀を引き抜いた。

長月斎が真下に立ち、斬り上げようと身構えている。

太刀を手の中で回し、逆手に持ち替え、長月斎の胸倉目掛けて投げ付けた。

取ったばかりの太刀を投げるとは思わなかったのだろう。長月斎が慌てて、太刀を払い除けた。空いた首筋に、十四郎の体重を乗せた脇差が振り下ろされた。肩から胸を斬り、腕を巻き込み腹まで裂いて、脇差が止まった。

十四郎は長月斎の亡骸(なきがら)に頭(こうべ)を垂れると、脇差を抜き取り、太刀を拾い、水木らの許へ戻った。

間宮承治郎の首が門弟の腕の中に沈んだ。

「終わったな」十四郎が言った。

「終わった……」七郎が、目を閉じて、天井を仰いだ。

「帰りましょう」

「長居は無用でございますよ」

水木と百舌が交互に言った。立ち上がろうとする二人を制して、七郎が道場の表の方に目を遣った。微かだが、太刀を鞘に納める音がした。十四郎は七郎に頷くと、太刀を引き寄せ、表へと走った。

三

根の者と思しき男が、松の根方で咽喉から血を噴き出していた。左腕を縛られ、口輪を嚙ませられているのである。誰かに襲われたのは明白だった。

十四郎は、直ぐ様道場に取って返した。

七郎が目で訊いた。十四郎が首を横に振って答えた。水木と百舌の顔に張り詰めたものが奔った。反射的に奥に向かおうとした七郎の行く手を、二人の武士が遮った。

「どこへ行く？」

柳生兵庫助と息の新左衛門だった。

「…………」

七郎が絶句した。

「あの者は」と十四郎が、顎で玄関外を指し、訊いた。「根の者でございますか」

「しくじった者は、根の者ではない」

「それだけのことで、殺したのですか」

それが柳生なのか。十四郎は、分け入りようのない、柳生の闇の部分を見たような気がした。

「好きに取るがよいわ」

兵庫助が門弟の数を目で数えている。師範と師範代の亡骸を囲み、泣いている者もいれば、涙を拭い、十四郎らの去るのを待っている者もいた。

「どうして、ここへ？」

七郎が、改めて尋ねた。

「彼奴が何も知らせて来ぬのでな」

兵庫助が目の隅で外を見た。

「日録はないそうです」

「誰が言うた？」

「長月斎が、自ら……」

「信ずるのか。日録があると脅しを掛けてきた者が、本当はないと言った。右から左に、左様ですかと、信じてもよいのか。江戸ではそのように教えておるのか」

「しかし……」

長月斎が、あの場で嘘を吐くとは思えなかった。

「甘い。だから来たのだとも言えるぞ」兵庫助が門弟どもを見回した。「ざっと調べたが、確かに日録は無かった。だが、後生大事に、どこぞに隠してあるやもしれぬ。ここは念の為、すべてを燃やした方がよいだろうな」

話を聞き付けた門弟らが、思わず気色ばんだ声を上げ、刀を摑んだ。

「此奴らも」と兵庫助が言った。「皆、纏めてな」

「ここできつく罰しておかねば、第二第三の雁谷が出て来る」

新左衛門が、門弟衆を睨め付けた。

「それは、一人柳生にとって迷惑なだけでなく、天下騒乱のもとともなり兼ねぬ。戦いを挑んでも無駄だと、益は何もないのだと、思い知らせねばならぬのだ」

「皆殺しにするのなら、初めから兵庫助殿が来られればよかったのだ。我らが立ち合うより、楽に倒せたであろうに」

「それも無論考えた」

兵庫助が、事も無げに言った。

「そなたらは雁谷と立ち合うと約し、儂らに稽古をつけてくれるよう頼んだ。あれは、そなたらの方から言い出さねば、こちらから言うたところであった。稽古を見ていて驚いた。そなたらが、思うた以上に上達するではないか。だから、叔父上と相談の上、そなたらを行かせることにしたのだ。万一の時には、七郎には弟がおるし、それに剣客として一回り大きくなるよい機会だと思えたのでな。四天王との立ち合いも、ここでの立ち合いも、すべて新左衛門と二人で見せて貰ったぞ」

「気付かなんだ」

十四郎と七郎が顔を見合わせた。

「当たり前だ。自らの気配くらい消せずに、根の者の頭領は務まらぬわ。それにしても、僅かの日数のうちに、二人とも腕を上げおったものよ。驚きもしたが、満足もしておる」

「それを言いたくて、出て来られたのですか」

七郎が煙たげに眉根を寄せた。

「何が不満か。弟がおると言うたことか。死地になるやもしれぬところへ送り出されたことか」

「柳生の家に生まれたのです。嫡男だという心はありません。家を継ぐのは強い者だと心得ています」

「口先では、分かっておるようだが、それにしてはこの一件の処理の仕方は甘過ぎるのではないか。何が『終わった』だ、何も終わってはおらぬではないか」

兵庫助が、床板を踏み鳴らした。

「黙って見ておられずに、出て来てしもうた儂の気持ちが分からぬか」

十四郎は聞きながら門弟衆を見た。下郷が、柿崎が、残りの者らが見詰めている。

話を聞くに任せているということは、いずれ殺す心算だからか。

「殺させはせぬ。火も掛けさせぬ」

十四郎が呟くように言った。

「そなたに、儂が止められると思うてか」

「止めてみせる」

「十四郎殿」七郎が間に割って入った。「我慢せい。兵庫助殿には、とても勝てぬ」

「逃げろ」十四郎が門弟衆に言った。「どこまでも、逃げて逃げて逃げまくれ」

「出来ぬわ」

新左衛門が一方を固め、他方の出口は、兵庫助が睨みを利かせていた。

二人の門弟が、叫び声を上げ、新左衛門の左右から太刀を叩き付けた。

新左衛門の鞘から光るものが飛び出し、稲妻のように右へ左へと走った。やがて静かに太刀が下げられた。刀身を血が伝っている。二人の門弟が、床板を血に染めた。

　残りの門弟どもが棒立ちになった。

「立ち合え」と十四郎が、兵庫助に言った。「意地でも負けぬ」

「此奴どものために、死ぬるか」

「人の命を何だと心得ておるのだ。柳生には反吐が出るわ」

「褒め言葉と受け取っておく」

「七郎殿、そなたもこうなりたいのか」

七郎が握った拳を震わせた。

「ならぬ。だが、柳生に生まれた以上、避けられぬ道もある。私人として生きておる十四郎殿とは違うのだ」

「もう、よい」十四郎が太刀を腰に差し、道場の中央に出た。「勝つ。勝って、皆、逃してくれる」

「愚かなり、槇十四郎」

兵庫助も、中央に立った。

「十四郎様」

飛び出そうとした水木の腕を七郎が摑んだ。

「もはや、止められぬ」

腕を振り払った水木を、百舌が押し止め、耳打ちした。

「頭領、私が槇様を負けさせませぬ」

百舌は水木の背後に座ると、身体の半ばを兵庫助から隠した。

腕が違った。

兵庫助には、一分の隙もなかった。

(無謀であったか……)

悔いは直ぐに心を捕らえた。さりとて、逃げ場はない。

腰を深く割った。だが、嫌いな状況ではなかった。逃げ場のないところから、どうやって万に一つの勝機を得るか。

剣客としての醍醐味(だいごみ)でもあった。

兵庫助が太刀を無造作に下げた。十四郎は太刀を鞘ごと抜き、左手に持ち、居合腰になった。兵庫助が間合いを詰めて来た。

「鞘を使うことに味を占(し)めたようだな」

太刀を抜き払う。右腕を大きく振るう分、左の胸に隙が生ずる。それを鉄で固めた鞘で補おうと考えたのだが、既に読まれていた。

構わず、思った通りに太刀を振るった。兵庫助の太刀がするりと伸び、左の肩から胸を斬り下ろして来た。逆手で振り上げた鞘で受け、左胴を狙い、太刀を横に払った。

見切られていた。兵庫助は、上半身を僅かに反らして躱すと、直ぐに太刀を送り込んだ。鋭かった。切っ先が撓るように剣に巻き付いて来た。兵庫助の刀の鍔に気を集め、鍔目掛けて打ち込むことで、執拗な打ち込みを振り解いた。

「強うなったな。僅か七日の稽古と旅での立ち合いで、こうも腕が上がろうとはの」

兵庫助は、太刀よりも身体を前に押し出すと、

「まだまだこの先、幾らでも剣の道が開かれように、惜しいの。ここで果てるか」

言い置いて、間合いに飛び込んだ。

鞘を持つ手に痛みが奔った。浅く斬られ、鞘が手を離れ、床を滑った。

「もう一本。腕が二本でよかったの」

兵庫助の太刀が床面すれすれに沈んだ。誘っている。

(乗った)

十四郎が踏み込んだ。

その時、百舌が水木の肩を叩いた。

水木の立ち上がる力を使い、自らを中空へ投げ上げる。百舌が《車懸かり》の術で、道場の高みに飛び上がったのだ。百舌は抜いた剣を逆手に持ち、兵庫助の背中に躍りかかった。

兵庫助の口から咆哮が漏れた。

十四郎の剣を太刀で躱すや、脇差を十四郎の左肩に突き立て、頭上から落ちて来た剣を払い除けた時には、返す刀で百舌の太股を斬り裂いていた。

「百舌、下がれ」

十四郎が叫んだ。

「これは、私の戦いだぞ」

「そうだ。儂らの戦いだ」

百舌の剣を拾うと遠くに投げ捨て、兵庫助が十四郎に近付いた。

脇差は、十四郎の左の肩深く突き刺さっている。

「動くな。死ぬるぞ」

血が身体を動かす度に、刀身を伝って流れた。

「負けを認めるな？」

兵庫助が太刀で十四郎を指した。

「……柳生と雁谷、どこに違いがあると言うのだ。どちらも剣を極めんがため、真摯にその道を歩んできた者たちだろうが。私は認めぬぞ」

「ならば、今ここで雁谷の者どもとともに滅びるがよかろう」

「…………」

兵庫助の前に、水木が飛び出した。

「負けました」

水木は、両の手を広げて十四郎を庇った。

「雁谷は潰す」と兵庫助が十四郎に言った。「門弟どもを叩っ斬り、燃やす」

門弟衆から響動めきが起こった。逃げ出そうと、走り出した者がいたが、新左衛門に斬られ、痙攣しながら血の海に横たわっている。痙攣する度に、血が噴いた。

血に怯え、門弟衆が固まった。

「異存は、ないな？」

門弟衆が、目だけで十四郎を追った。

「ございませぬ」

水木が答えた。

「そなたの言葉に、十四郎が従うか？　意地でも従わせようという意気込みは買わぬでもないが、従わせる根拠は何だ？　申せ」

「……嫁になる身故」

「何よりも、この男の命が大事、という訳か」

「はい」

水木の頰に、見る間に朱が射した。

「分かった。十四郎の命、そなたに預けよう」

兵庫助は七郎を呼び、脇差を抜け、と言った。

抜けば傷口が開き、血が激しく噴き出す。即座に血止めが必要だった。

「腕が劣る者は上回る者に従うしかないのだ」と兵庫助が十四郎に言った。「命を賭して申したき儀あらば、強くなれ」

「必ず」と十四郎が言った。「腕を上げ、尾張を倒す」

「楽しみにしておるぞ」

兵庫助は、新左衛門に合図を送ると、門弟衆を両側から挟み込んだ。

悲鳴と絶叫が道場に響いた。下郷がいた。柿崎の姿も見えた。誰もが、血潮に塗れ、床に這った。

「新左衛門」

と兵庫助が、息子の袴を顎で指した。

「たかが、此奴どもを斬るぐらいで、返り血を浴びるとは何事だ」

「申し訳ございませぬ」

「さすれば、支度をせい。燃やすぞ」

新左衛門が、屋敷に油を撒き始めた。

その間に、手当を受けた十四郎と百舌は、水木と七郎に支えられて道場を出た。

玄関前の松の古木に縛られていた根の者の死体は、道場に運ばれてしまったのだろう。どこにもなかった。

門の脇に、中年の夫婦が男の子を連れて立っていた。三人は血の染みた布を巻き付けている十四郎らを見て、咄嗟に後退ったが、意を決したのだろう、厨の手伝いをしていた者でございますが、と男が腰を曲げた。

「何か、道場であったのでございましょうか」

「自然流の道場は、閉じることになった」と十四郎が答えた。「もう誰もおらぬ」

「皆さん、どこかへ？」

「逝った」

七郎が答えた。

「先生も」と女が、門の中を覗き込んだ。「師範代の間宮さんも、どこかへ行かれたのですか」

「そうだ」

「四天王の皆さんも？」

「逝った」

「みんな？」

と男の子が訊いた。

「みんなだ」

七郎が言った。

「いないの？」

男の子が夫婦を見上げた。

女は、子供の手を握り締め、

「この子が大きくなったら、道場に通わせようと思っておりました……」

と言った。

「剣など習わぬでよい」七郎が言った。「鍬を持ち、田を耕せ」

突然、女の口から悲鳴が上がった。

屋根から白煙が上がり、炎が噴き出したのだ。

煙の中から、兵庫助と新左衛門が飛び出して来た。

二人は、十四郎らを横目で見ると、何も言わずに街道に消えた。

白煙と炎は更に噴き上がり、門前にいる十四郎らの肌を炙った。村の半鐘が激しく鳴り響いた。人が集まって来ている。

「少し離れましょう」

百舌が間に合わせの杖に縋って、跳ねた。

百舌の後ろに皆が従った。

水木が振り向いた。七郎が振り向いた。

屋根が落ちたのだろう。喚き声が上がった。

十四郎は、喚き声を背で聞きながら、ひたすら足を前へ進めた。

四

雁谷から綱木宿に出たところで、江戸に戻る柳生七郎と別れた。傷の重い十四郎と百舌は、

「まだ沢庵殿がおられる筈」

と、水木の助けを借りながら、米沢街道を一路上山の春雨庵を目指した。

綱木から駕籠（かご）や馬を使って米沢城下を通って赤湯（あかゆ）まで進み、十四郎の発熱のため三日休んでから、残る五里（約十九・五キロメートル）の道程を再び駕籠と馬を頼りにして上山に向かったのだった。

沢庵とともに、傷が治り切らないまま逗留（とうりゅう）し続けていた松倉小左郎が、庵（いおり）から飛び出して来た。

「どうしても、血糊（ちのり）と縁の切れぬ男よの」

と口では言うものの、やれ寝床だ、やれ薬湯だと、甲斐甲斐（かいがい）しく怪我人（けがにん）の面倒を看（み）る沢庵だった。

水木は、二年前に一度、土井利勝の使いとして十四郎を呼びに春雨庵を訪ねた

折に、沢庵と会っていた。

――偉ぶったところのない、裏のお寺の和尚さんのようなお方でございますね。沢庵の印象を、そのように語ったことがあった。十四郎は、大徳寺の高僧も形無しだな、と笑ったが、それが沢庵の魅力でもあった。

水木は怪我人の世話のため四日留まってから、江戸に帰った。

「殿へご報告せねばなりませぬ故」

「ならば、土産話を進ぜよう」

十四郎と百舌が髪を剃られ、墨染めを着せられたのである。

十四郎は、十念。百舌は、一念。沢庵が二人に与えた僧名だった。

二人は傷の治り具合に従って、沢庵の供や庵の修繕をさせられたりしていた。俗世の欲と縁のないところに住んでいる沢庵との日々は、二人にとって居心地のよいものだった。

「十四郎様、私は僧侶になるのも悪くないのではないか、と近頃思っているんでございますよ」

百舌がつい油断して、一言漏らしたのを沢庵に聞かれ、ここ暫くは、一念、これ一念と雑用を押し付けられている。初めのうちは、参ったと零していたが、最近は嬉々として動いているところを見ると、満更でもないのかもしれない。

十四郎の傷はなかなか治らなかった。傷口が開かぬように、極力動かさずにいたため、却って左腕が萎え始めていた。

掌を握っては開き、腱を鍛える。それを日課にするようになって三日が過ぎた。

出羽上山二万五千石の領主・土岐山城守頼方が、役人を従えて春雨庵に現われた。

「御坊、荷造りなど、何かお手伝いをさせていただきたく参上いたしましたが」

何もなかった。

「運ぶのは、我が身一つ。これだけだ」

と両袖を摘んで、つんつんと左右に引いた。

「お心だけ、頂戴いたす」

沢庵は合掌すると、丁寧に頭を下げた。山城守が、慌てて腰を深く折った。

江戸から引取の役人が来れば、上山を去り、三年振りに江戸の土を踏むことになる。

「この庵のことだが」と沢庵が、山城守に言った。「暫くの間でよい。取り壊さずに、十念に使わせていただけぬかの？　まだ長旅は、無理なようなのでな」

「十念殿ではなく、十四郎殿ならば、いつまでおられても歓迎いたしますぞ。何しろ槍（やり）の稽古が出来なくて、困っておったのですからな」

山城守が槍を扱く真似（しごまね）をした。

「一念は戻ると言うておるから、連れて参ろうかの」

百舌が丸めた頭に手を置いた。

その夜、寝床に入る前に、沢庵が十四郎に訊いた。

「儂は、冗談でそなたを十念と呼んでおるのではないのだぞ」

「承知いたしております」

「どうだ？　そなた程血に塗れておると、よい坊主になれると思うのだがな」

「ありがとう存じます。されど……」

「されど、か」

「はい」

尾張柳生という高い壁が新たに、目の前に立ちはだかっていた。

剣客として生きてきた以上、その壁を突破してみたかった。

「気にするな。儂はくどい男だ。何度でも、言い寄るからの」

「ありがたく存じております」

「実か」沢庵が、十四郎の顔を覗き込んだ。「実に、ありがたく思うておるのか」

「はい」

「では、しつこく誘うからな」

言い終えると沢庵が、百舌の方に向きを変えた。

百舌が思わず後退った。

五日後に、江戸からご赦免状を携えた役人が上山城に到着した。早速春雨庵に現われ、出立の日時の通告があった。役人の中に、土井家の潮田勘右衛門の姿があった。三年前と同様、道中で難儀があってはならぬからと、利勝が目付として同行させたのだった。

「甥御殿」勘右衛門が、駆け寄り、十四郎の右手を取った。「凄い対決だったそうでございますな。頭領から聞きましたぞ。鬼神と見紛うばかりであったと」

水木がどのように利勝に告げたものか、雁谷の門弟衆を助けられなかった十四郎には、称賛は却って耳に辛く聞こえた。

江戸での再会を約し、沢庵が上山を去った。

僅か三年の月日であったが、歳月よりも老けて見えた。

十四郎は地面に正座し、静かに頭を下げた。

小左郎が、飯釜（めしがま）の蓋（ふた）を開けた。盛大に湯気が立ち上った。

「どうしましょう？」

小左郎が飯釜の前で腕を組んだ。

「握り飯にでもしますか」

「そうだな」

小左郎が大きな塩結びを十個作った。朝と夕が二個ずつで、昼は一個ずつということらしい。味噌汁（みそしる）を作り、落とせば、味噌雑炊（ぞうすい）になる。小左郎の得意技でもあった。

沢庵が去って三日が経った。

今頃はどこかと沢庵の旅を心で追っては、傷の治らぬ己を恨めしく思った。

夜になって絹（きぬ）のような雨が降った。夜の雨は、心に染みた。

屋根からの滴（しずく）や立ち木の葉先から落ちる滴の奏でる音が、心の奥底に届いて来た。

かつて、覚えたことのない感覚だった。以前ならば、雨だ、濡れる、参ったとしか思わなかった。それが、たかが雨音に、心を揺らしている。

剣客としての終焉が来ているのか、と十四郎は思った。

一剣を磨くためには、山に籠もり、岩棚暮らしも辞さぬという思いが、昨年までは確かにあった。敵から姿を晦ませようとしたためでもあったが、鈴鹿の山に籠もったりもした。

（今は、どうだ？）

と、左腕を見る。腕が萎えているように、心も萎えているではないか。

「槇殿」と小左郎が、寝床の中に横たわりながら言った。「明日、旅に出ようかと思っております。一人になりますが、大丈夫ですか」

「行くか」

「はい」

「どこへ、行く？」

「更に北へ行ってみようかと、思っております」

「上山より一層寒いかもしれぬぞ」

「はい」

「風邪を引くなよ」

「雪が落ちて来たら、逃げて来るかもしれませぬ」

「では、直ぐに帰って来るようなものではないか」

「かもしれませぬ」

「困った奴だの」

十四郎は起き上がると、囲炉裏の埋み火を熾し、柴を載せた。細い煙が立ち上り、追い掛けるようにして小さな炎が立った。

十四郎は、次いで文机の上の箱を開け、布袋を取り出した。巾着だった。逆さに振って中のものを薄い寝具の上に出すと、右と左に均等に分け、一方を小左郎の前に押し出した。

「路銀にするとよい」

「それでは槇殿が困りましょう。私は何とか……」

「一度出したものだ。受け取るがよい。旅に出れば、金子は必要だ」

小左郎は押しいただくようにして礼を述べた。

「私は、ここにいるか、江戸の土井屋敷にいると思う。必ず訪ねて来るのだぞ」

「承知いたしました」

「寝るか」

「はい」

翌早朝、小左郎は旅に出て行った。十四郎は寝入っている振りをして、床の中から見送った。多分小左郎はそのことに気付いていたのだろう。土間に立ち、一礼すると、そっと戸を閉て、北の方へと歩いて行った。

一人になったのだ、と思った。


土岐山城守が、このところしばしば春雨庵を訪れて来る。三日と空けたことがない。

まだ十四郎の肩の傷が治り切らず、槍の相手が出来ぬので、白湯を飲み、持参した餅などを食べ、後は十四郎と剣の話をするだけで、土産を置いて帰って行く。

（何を言い出そうとしているのだ？）

それは、二日後に分かった。

「この春雨庵の隣に道場を開きたいと思うのだが、どうであろうの？」

「誰が教えるのですか」

「誰がって」山城守が、驚いてみせた。「十四郎殿に決まっておろうが」

「私が？」

「いつか父上のように、人の来ぬ片田舎で道場を開き、じっくりと己と向き合ってみたい。そのように言うておられたではないか」

父は、三河国碧海郡土居村で、村人に剣を教えながら一人剣の修行をしていた。いつか己も、と思ったことがあった。そのことを、何かの時に話したのかもしれない。

「ありがたいお話ですが、まだ道場の主になるには……」

片田舎で自らを鍛える。慕(した)って集まって来た者と、鍋釜を囲み、ともに暮らし、腕を磨く。

（よう考えてみれば、よいかもしれぬな……）

そう思ったところで、それが雁谷自然流の生き方と同じだと気付いた。

父には、人が集まらなかった。だから、雁谷にならなかった。ここも、道場を開いたとて、人は集まらぬだろう。雁谷にはなるまい。しかし、万一にも人が集まり、腕を上げたとしたら、己らの腕がどれ程のものなのか、試してみたくなるに相違ない。それが、何かが因となって押さえ切れなくなれば……。

(そういうことなのか)

両角長月斎と間宮承治郎らの顔が次々に浮かんだ。

「やはり駄目か」

山城守が、膝を叩いた。

「もっと枯れて、本当に村人相手だけならば、いつか道場を開かせていただくこともございましょう。その時は、お頼みいたします」

「そうか。まだまだ待たねばならぬのか」

「申し訳ございませぬ」

「何の。よいわよいわ。邪魔したの」

山城守が供の者を引き連れて城に戻った。

左手を使わず、右手だけで剣を振ってみた。粟田口藤吉郎兼光が、いつになく重く感じられた。

(鈍ったな)

翌日から片腕だけの鍛練を始めた。

汗が噴き出した。井戸の水を被り、また剣を振った。一日毎に、感覚が戻って来るのが分かった。

木を削った。太刀の倍の重さの木刀を作り、それを振った。

左腕も徐々に鍛えた。傷口も、まだてらてらとした薄皮で心許無かったが、どうやら塞がった。

（江戸に戻るか）

薪を割り、軒下に積み上げた。

庵の掃除をした。床を掃き、畳を拭き、土間を片付けた。どこに何があるかを書き出し、壁に貼り、城下にある役所に出向き、江戸に行く旨を伝えた。

序でに、小左郎が来た時のことを頼んで、上山を後にした。

この上山で朝波右馬らに襲われたのは、先月のことだった。以来七郎とともに、四天王、師範代、師範と多くの命を奪ったものだと、改めて己らの業の深さに足の竦む思いがした。

——よい坊主になれるぞ。

沢庵の言葉が甦った。

五

十四郎が江戸に戻って七日が過ぎた。

この間、柳生屋敷を一度、沢庵が身を寄せている神田の芳徳寺を二度、訪ねていた。

しかし、蓮尾水木とは未だに会えないでいる。

新たな務めのため、小頭の千蔵を伴って江戸を離れていたのだった。

細作の留守の者の中に、百舌がいた。足の傷のために、皆と同様の走りが出来ないことと、沢庵に剃られた髪が祟ったのだった。

「坊さんに化けるなら御手の物なんですが、この頭では頰っ被りでもしない限り、百姓にも町人にも化けられないのです」

「もしかすると、沢庵坊はそこまで考えていたのかもしれぬぞ、一念」

「まさか」

「分からぬぞ、あの坊様なら」

沢庵の真意を測り兼ねている百舌に、何か美味いものを食べさせるところはないか、訊いた。

「仲間で、そのような話は出ぬのか」

思い出したのだろう、百舌が拳を平手に叩き付けた。

「ございました。蕎麦屋ですが」

「蕎麦は好物の一つだ」

「新し橋の南ですが、よろしいですか」

土井屋敷のある神田橋からは南に向かえばよかった。

「外出しても、大事ないのか」

「屋敷に留まっておれという命は、受けておりません」

「では、行くか」

「お供いたします」

蕎麦屋は、新し橋を渡り、御用屋敷の角を東に折れた先の伏見町にあった。繋ぎに山芋を使った蕎麦が名物の小体な店だった。店の一番奥まった場所に座った。

酒と香の物と蕎麦を頼み、摘みながら水木らが何を探っているのか、小声で尋ねた。

突然百舌が持っていた箸を置き、衝立の陰で平べったくなった。

「どうか訊かないで下さい。務めのことは、頭領の許しがない限り、責め問いされても言えないことなのでございます」

軽い気持ちで訊いたのではないが、どうしても知りたくて訊いた訳でもなかった。ただ漠然と、水木らが何をしているのか知りたかったに過ぎない。責め問いという言葉を聞いて、改めて百舌や水木の務めの異様さを思い知ったのだった。

「許せ。訊いた私が悪かった。忘れてくれ」

「ありがたい」言うや、百舌がくるりと器用に座ったまま独楽のように一回転して笑った。「もう忘れました」

「早いな」

土産に蕎麦味噌を求め、屋敷に戻ると、柳生七郎が訪ねて来ていた。十四郎の方から訪ねたことはあっても、七郎の方から来たことはこれまでになかった。

「何やらご立腹のご様子でございました」

と取次の者が、眉を顰めて見せた。

「怖いの」

十四郎が震える真似をすると、取次の者はひどく嬉しそうな顔をした。

七郎は小書院に通されていた。主が接客のために使う部屋である。

流石、柳生家の嫡男らしい扱いを受けていた。

「お待たせした。ちと出掛けておったものでな」

七郎は、背筋を伸ばしたまま、にこりともせずに、本題に入った。

「伺いたいことがあり、罷り越しました」

「はて、何かな？」

「されば、雁谷に行く前、麻布日ガ窪にて小太刀の稽古をいたした時のことでござるが、何かお覚えは？」

あれか、と十四郎は思った。

勝ちは譲らぬ。そう決めて来た剣の修行で、あの時に限り三本に一本だけ勝ちを譲ったのだった。自信をつけさせるためだった。

「あるようですな」

七郎が口の端に唾を溜めた。

「今朝方父と口論になったのですが、その時に兵庫助殿が十四郎殿は天性の剣客だと評されたという話が出、そこで知ったのです」

「過分な評価で面映ゆいが、何故天性の剣客なのであろうな？」

「私に勝ちを譲り、腕を上げさせ、更に己はその上を目指す。この考え方だそうです」

「だが、私は勝ちを譲ってはおらぬぞ」

「まだ言われるのですか」

「七郎殿の剣の動きが速過ぎ、躱せなんだと覚えておるが」

「ならば」

　と七郎が、僅かに表情を和らげて、

「もう一度」と言った。「立ち合うて下さいますな」

「そう来たか」

「決着をつけねば、収まりませぬ」

「分かった。いつだ？」

　七郎は十四郎の肩を見て、一か月後はいかがでしょう、と言った。

「場所は、神田の芳徳寺」

「沢庵坊のおわす寺か」

「暇でしょうからな。少しやきもきさせてやるのも、恩返しでしょう」

「考え方に余裕が出て来たではないか」

七郎は僅かに歯を見せると、七郎という名ですが、と言った。

「十四郎殿の半分の七郎は、どうにも不愉快でして、よりよい名に変えるつもりでおります」

「済まぬの。私が付けたのではないので、何とも言えぬが」

七郎を見送った足で、庭を回り、細作の長屋を訪ねた。

小頭の千蔵ら暫く顔の見えなかった者たちが、茶を啜っていた。

出先から戻ったところだと、千蔵が言った。

「頭領は、殿のお召しがございましたので、お屋敷に上がっております」

「務めは上手く行ったのか」

一呼吸空けて、千蔵が首肯した。

「誰も怪我はなかったのか」

「お蔭様で、皆無事にございます」

「それはよかったな。では、伯父上のご機嫌でも伺ってみるか。邪魔したな」

細作が一斉に頭を下げた。

居室に出向くと、

「何だ？」

と言いながら利勝が、広げていた図面を畳んで、水木に手渡した。水木はそれを懐に仕舞い込んだ。

「用のある時は、こちらから呼ぶ。呼ばれもせぬのに、ひょこひょこと来るではないわ」

「伯父上」

十四郎が膝をにじりながら言った。

「だから、何だ？」

「少し見ぬ間に、益々気が短くなられましたな」

「儂は忙しいのだ、其の方と違うての……」

利勝は、ふっ、と息を吐くと、水木に、

「どうだ、この男、使えぬか」

と言った。

「無駄飯を食わせて、遊ばせておくより、用心棒にせい」

「そうさせていただければ、鬼に金棒でございます」

「決まった。後は任せたぞ」

「承知いたしました」

水木が低頭している。

「十四郎」と利勝が、更に追い打ちを掛けた。「其の方は何も考えず、頭領の言うことを聞いておればよいのだぞ。分かったな」

「何をするのかも教えて下さらぬのですか。このような遣り方は、面白くありませんな」

憮然とした十四郎に、水木が言った。

「私に任された一件でございますれば、後程詳しくお話いたしましょう」

「それに関わることなのか」

水木の懐にある図面を指した。

「はい。ちと手強い相手にございます」

「その前に、もう少し細作について、そなたについて知りたいのだが」

「私について、でございますか」

「前にも言うたように、そなたについて何も知らぬのだ。食べ物は何が好きか、何度斬られたか、罠は何が得意か」

「お知りになりたいのですか」

「そうだ」と、ぶっきらぼうに言った。「確と答えて貰うぞ。先ず、一番目の問いだ。何が好きだ？」

「それは」と言って、十四郎を正面から見据えた。「十四郎様です」

「馬鹿者」利勝が叫んだ。「そのような話を儂の前でいたすな。出て行け」

声に驚いた小姓が、酒の膳を廊下に落としたらしい。派手な音を立てて陶器の割れる音がした。

「馬鹿者」

と利勝が、廊下に向かって怒鳴った。

「蕎麦味噌を土産に求めて来たのですが、あれも落とされたかな」

十四郎が呟くと、

「見て来い」利勝が顎で廊下を指した。「味噌が無事かどうか」

襖を開けて、廊下を見た。小姓が忙なく割れた盃を片付けている。しゃもじに付けて火で炙ったのだろう、蕎麦焼き味噌が香ばしくにおった。

「まだ残っておりましょう」

「そうか」

利勝が、穏やかに破顔した。

あとがきにかえて〜修業時代を超えて

佐藤亮子

本作は、先に出版された『柳生双龍剣』に引き続き、ハルキ文庫書き下ろしとして、平成十七年（二〇〇五）に初めて世に出た作品である。新装版シリーズも、いよいよ最終巻である。

出羽国上山に沢庵を訪ねた槇十四郎正方は、突如現われた剣客と刃を交わすことになる。挑戦状を叩き付けたのは、世に知られぬ剣の一流派・雁谷自然流であった。雁谷自然流一門は、かつて苦戦を強いられた『柳生七星剣』の頭領・両角鳥堂縁の者たちだった。己の強さへの信頼が揺らぎ、まだまだ己には足りぬものがあった、と冷水を浴びせられた思いで、新たな修行に立ち向かう十四郎と柳生七郎。だが、二人の行く手には、雁谷自然流を超えて、なお立ちはだかる巨大な壁があった。己の剣の力だけでは倒すことの出来ない圧倒的な力。それは時代を動かす闇の政治力として、十四郎を苦しめる。

十四郎の修行の旅は、まだまだ続くらしい。

ハルキ文庫版の本シリーズを書き終えた後、作者は遂に捕物帖の世界に船出する。同年書き始めたのが、北町奉行所捕物控シリーズの第一巻『風刃の舞』（ハルキ文庫）である。イラストレーター・百鬼丸氏の斬新な表紙とともに好評を博したこのシリーズは、以後八巻を数え、後に祥伝社文庫から新装版が出版されることになる。

それまで江戸時代の捕物帖に手を染めることはなかった長谷川卓だが、ここで一気に舵を切り、以後は山の者シリーズと捕物帖シリーズの二本柱で邁進していくことになる。そのため、この時期は、厖大な史料を読み、江戸時代の警察機構である奉行所とその周辺を中心に、知識を蓄積することに時間を費やしていた。

当時よく読み込んでいた史料は、これでもか、というぐらい付箋が貼られており、江戸古地図と現代の地図を左右見開きページで見せる地図帳は、使い過ぎてボロボロである。各捕物帖の設定ノートには、登場人物の年譜とともに、その時代に起こった天変地異その他も細かく記入している。よくまあ、これだけ夢中になれるものだ、と半ばあきれ顔で見ていたものだが、調べたことを話したくてウズウズしており、毎日のように、新しく得た江戸知識を食卓で披露してくれた。話しながら、自分の頭の中を整理していたのかもしれない。

槇十四郎が修行好きなのは、ひょっとしたら作者の分身だからなのではないか、と思ったりする。

そもそも長谷川卓の文章修業はいつ頃から始まったのだろうか。

本人の思い出話によると、小学生当時、まだ家に蓄音機があった。二代目広沢虎造演じる浪曲『清水次郎長伝』にハマり、「石松三十石船」のくだりを覚え込み、自分でうなっていたのだそうだ。どうも妙な小学生である。

家でも、

「旅ぃゆけばぁ、駿河の道ぃに、茶の香り〜……っとくらぁ」

と、入浴しながら、ご機嫌でうなっていた。

三つ四つの頃に、初の白黒テレビが家庭に普及しだし、小学校五、六年生の頃には、カラーテレビも登場した。この驚異の文明の利器は、当時最高のエンターテインメントで、夫もご多分に漏れず、すっかり魅了されたクチだった。『黄金バット』や『七色仮面』、さらに『ウルトラQ』に始まるウルトラシリーズに夢中になり、むさぼるように観ていたらしい。

映画館では、常に三本立てで娯楽時代劇をやっており、ここにフーテンの寅さんシリーズの『男はつらいよ』が加わる。親に連れられて次から次に観て回り、さらに落語にも夢中になり、驚くほど多くの演目に通暁していた。演芸場にも足を運んだのだろうが、当時はテレビでしょっちゅう落語を聞くことが出来た。最近では、『笑点』の時間になると、何を差し置いてもテレビの前に駆け付け、物も言わずに集中して観ていた。筋金入りである。

仕事の都合で帰宅するのが遅かった父親からは、「おう、観とけ。後で教えろ」と言われ、目を皿のようにして連続ドラマを観、翌日父親の前でとうとうたぁらりとあらすじを語る。ただのあらすじではなく、多分、このシーンはこうなって、ああなって、とこれまた身振り手振りよろしく語っていたに違いない。なかなか観たものを人が楽しめるように語るというのは、難しいものだが、このあたり、天性のおもしろがりなので、きっと楽しくやっていたのだと思う。

今思えば、この少年時代のエンタメ環境こそが、長谷川卓の修業の第一歩だったのだ、と思う。

早稲田(わせだ)大学に進学すると、『柳生双龍剣』あとがきで紹介したクラブ活動の他に、同人誌活動に加わった。

元来多くの文学者を輩出した大学である。小説家志望の若者たちが集まって、作品を発表しあったりしていたらしい。なかなか錚々(そうそう)たる面々が揃(そろ)っていたそうで、有名な文学賞で良いところまでいった、というようなメンバーもいた。圧倒されるものを感じ、当初は内心オドオドで、石川啄木(いしかわたくぼく)ではないが、「友がみなわれよりえらく見ゆる日よ」の心境だったそうである。

当時の同人誌は、残念ながら見せてもらう機会がなかった。実家のどこかに、こっそり隠してあるのかもしれない。

ちなみに、小太刀(こだち)の遣い手として本シリーズで活躍する若き剣客松倉小左郎(まつくらこさぶろう)のモデルさんは、同人誌時代からの友人で、木村小左郎(きむらこさぶろう)氏という。世界を股にかける旅行作家として活躍中である。

同人誌で小説修業に本格的に取り組み始めた頃、よく訪れたのが美術館と映画館である。高校生まではなかなか美術館を訪れる機会もなかったらしいが、大学時代は、日本の美術館にも、海外から素晴らしい名品が貸し出されて展示されるようになった時期で、それはもう、さまざまな作品に接することが出来、大いに刺激を受けたようである。日本の作家では、「東洋のロダン」と激賞された彫刻家・荻原守衛（一八七九〜一九一〇）雅号・碌山が好きだった。夭折の芸術家の生涯に深く魅了され、長野県安曇野市にある碌山美術館にも足を運んだそうである。

映画は、小津安二郎作品が大好きで、何度も通っていた。映画館の暗闇の中で描いたのか、はたまた家に帰ってから、思い出して書いたのかは分からないが、映画の一コマ一コマを詳細な絵コンテに書き起こしたものを見せてもらったことがある。細かく勉強していたらしい。

小説では、五木寛之さんのデビュー作『さらばモスクワ愚連隊』が好きで、新版が出る度に文庫を買っていたらしいのだが、そのうち、新版が出る度にどんどん改訂されていることに気が付いたのだそうだ。どこをどう変更しているのか探し当て、いちいち赤鉛筆で線を引いていた。

若き日の長谷川卓は、まだ己が海の物とも山の物ともつかぬ時代、小説を書くための修業のみを、本能的かつ必死でやっていたようだ。社会に出て、いっぱしの企業人になり、安定した収入を得る、といったことには端から興味がなかったらしい。

それでも一応は就職しなければ、と、出版社をいくつか受けた。が、面接当日に山から帰ってきて、リュックを背負って汗だらけの、非常に汚らしいなりで面接会場に出掛けたものだから、えらい顰蹙を買ったことがあったそうだ。

どうも一般社会とは相容れないものに価値基準を置いて、平気の平左でいられるところが、小説家という特殊な仕事に一生を賭けようという人間であるらしい。

そう言えば、本作中でも、沢庵の草庵に向かう十四郎が、日干し大根や味噌玉などを身体中にくくりつけて、汗みずくで向かうシーンがある。他人の目など気にせず、自分が良いと思ったことを自然体で行なうのが、十四郎がたどり着いた境地のようである。

とは言え、この小説家修業の道は険しい。己の信ずる道に至るための工夫や努力は、得てして世間の皆々様からは、「何をやってるんだか……」と思われるようなことばかりである。

いつまで経っても、安定した職に安住しない息子を見るにつけ、両親も内心ハラハラしていたことだろう。

そんな青年時代を過ごした長谷川卓は、物になるかどうか、自分でも分からない、まっとうな道は行かれない、従って結婚して家庭を持つなど、全く考えられない。が、それがどうした、自分はこれでよい、と決めていたようだ。

ところが、ひょんな具合で中年に差し掛かった時、急に思い立って私と結婚してしまい、さらに子供まで出来てしまった。こうなると、一家の主（あるじ）として頑張らにゃあならぬ、と思い始める。

その辺りから、優雅にじっくりと純文学を練る、という孤高の存在から、一家のお父さんをやりながら、おもしろい話をどんどん書いていく職業作家へと変身していったようである。

本人的には、他を寄せ付けぬ孤独な魂（たましい）……みたいな雰囲気の純文学作家に憧れていたらしいのだが、ある時冗談で、

「あなたのルーツは東映時代劇と寅さんだと思うよー。孤高とかじゃなくて、おもしろくっていいじゃん！」

とか何とか、私が言ったのだが、これが本人いわく、

「目から大量にうろこが落ちた瞬間！」

だったそうだ。

そんな大層なことを言ったつもりはなかったのだが、この言葉に後押しされて、おもしろい時代小説、エンターテインメント小説でやっていっていいんだ、と思ったのだそうだ。

内心、どんな葛藤があったのかは分からない。しかし、子供の頃から「おもしろい！」と思っていたストーリーテラーの道が開かれていった思いがしたらしい。それは、「こうあるべきだ」「こうでなくちゃいけない」という思い込みを、するり、と脱したところから始まったのだ。

結局人というものは、子供の頃に培(つちか)ったもので、その芯が出来ているのかもしれない。

『柳生神妙剣』の作中、十四郎が柳生七郎と稽古(けいこ)をしながら、

「己に縛られるな。己は変わる。相手に縛られるな。相手は変わる。当意即妙(とういそくみょう)。機転だ」

と叫ぶシーンがある。

また、水木が決然と、

「思うた通りのことをなせば、それでよいのです」

と言い切るシーンがある。

私には、自らに叩き込むように、これらのセリフを刻み付けた夫の姿が見える。

令和三年（二〇二一）九月　静岡にて

清水区船越・子安地蔵堂にて

注・本作品は、平成十七年二月、ハルキ文庫（角川春樹事務所）より刊行された『柳生神妙剣』を妻・佐藤亮子氏のご協力を得て、加筆・修正したものです。

一〇〇字書評

柳生神妙剣

切り取り線

購買動機（新聞、雑誌名を記入するか、あるいは○をつけてください）

□（　　　　　　　　　　　　）の広告を見て
□（　　　　　　　　　　　　）の書評を見て
□ 知人のすすめで　　　　□ タイトルに惹かれて
□ カバーが良かったから　□ 内容が面白そうだから
□ 好きな作家だから　　　□ 好きな分野の本だから

・最近、最も感銘を受けた作品名をお書き下さい

・あなたのお好きな作家名をお書き下さい

・その他、ご要望がありましたらお書き下さい

住所	〒				
氏名		職業		年齢	
Eメール	※携帯には配信できません		新刊情報等のメール配信を 希望する・しない		

この本の感想を、編集部までお寄せいただけたらありがたく存じます。今後の企画の参考にさせていただきます。Eメールでも結構です。

いただいた「一〇〇字書評」は、新聞・雑誌等に紹介させていただくことがあります。その場合はお礼として特製図書カードを差し上げます。

前ページの原稿用紙に書評をお書きの上、切り取り、左記までお送り下さい。宛先の住所は不要です。

なお、ご記入いただいたお名前、ご住所等は、書評紹介の事前了解、謝礼のお届けのためだけに利用し、そのほかの目的のために利用することはありません。

〒一〇一－八七〇一
祥伝社文庫編集長　清水寿明
電話　〇三（三二六五）二〇八〇

祥伝社ホームページの「ブックレビュー」からも、書き込めます。
www.shodensha.co.jp/bookreview

祥伝社文庫

柳生神妙剣（やぎゅうしんみょうけん）

令和 3 年10月20日　初版第 1 刷発行

著　者　長谷川　卓（はせがわ たく）

発行者　辻　浩明

発行所　祥伝社（しょうでんしゃ）

東京都千代田区神田神保町 3-3
〒101-8701
電話　03（3265）2081（販売部）
電話　03（3265）2080（編集部）
電話　03（3265）3622（業務部）
www.shodensha.co.jp

印刷所　堀内印刷
製本所　ナショナル製本
カバーフォーマットデザイン　中原達治

Printed in Japan ©2021, Ryoko Satou　ISBN978-4-396-34773-4 C0193

〈祥伝社文庫　今月の新刊〉